Belleville City

Yannis Tsikalakis

# Belleville City
ou
Mesnil Mautemps

Éditions Autrement **Littérature**

ISBN : 978-2-7467-5127-9

# 1

Issa frotte le sol. Le mouvement répété du balai en plastique vert brosse le bitume du trottoir dans une succession de vagues rythmées. Chaque coup pousse un peu plus loin un assortiment tourbillonnant de menus objets : quelques mégots, un mouchoir usagé, un ticket de métro froissé. Il manie le manche en bois comme une pagaie qui propulse son roule-sac sur un fleuve de goudron. C'est ainsi du moins qu'il a choisi de ressentir *Fisherman* des Congos dans son oreillette en ce début de deuxième tournée matinale. De six à neuf, il a transpiré un peu plus haut rue Sorbier. Il y a passé son temps à remplir des sacs de trente kilos de feuilles. Mouillées par l'orage de la nuit, elles lestent les sacs comme le ferait un cadavre. Ce n'est pourtant pas la saison des feuilles mortes. La faute au changement climatique, ou à une maladie des arbres, qui sait ? Heureusement qu'il avait deux collègues en renfort, dont un à la souffleuse. Rien de mieux qu'un peu d'exercice physique soutenu pour se mettre d'aplomb, à condition de penser à bien plier les jambes et ne pas courber le dos.

09 h 35 à sa montre digitale. Il attaque le grand trottoir du boulevard de Ménilmontant. Son collègue Franck et lui doivent venir à bout de toute la merde qu'on peut y trouver jusqu'à la station de métro. Franck a de l'avance. Qu'est-ce qu'il est speed ce matin ! Il a dû prendre un double café au PMU pendant la pause. Issa a commencé tranquillement. Il a profité de la coupure pour se faire un joint d'herbe dans la ruelle derrière le *Bar des amis*, leur repaire près de l'atelier. Il est de repos cet après-midi. Demain aussi. Il peut se permettre d'être un peu planant, du bon son dans les oreilles, sous les précieux rayons de soleil encore trop rares en ce mois de juin. En général, après un démarrage en douceur, ça ne lui donne que plus d'entrain. Ça lui permettra sûrement de rattraper Franck et de mieux ressentir ce quasi-état de transe qu'on peut atteindre en réalisant une tâche répétitive, mais maîtrisée et utile.

Chacun à son rythme, c'est leur règle tacite. Comme à l'accoutumée sur ce tronçon du troisième canton, ils se sont réparti le travail. Franck prend le trottoir, Issa la piste cyclable et le caniveau.

Entre le balai et la benne, les deux tâches de base de l'éboueur-balayeur parisien, la première remporte nettement sa préférence. Ses coups de balai expriment son rythme interne, comme le faisait sa pioche lors des travaux des champs avec ses condisciples dans la périphérie de Touba, au Sénégal, la ville sainte des Mourides. Ce n'est pas le cas de Franck, enfant des zones périurbaines de la ville-machine, qui préfère la cadence des arrêts/redémarrages du camion-benne. Le balai, il s'en accommode tant bien que mal.

Tout pourrait les opposer, à part la mi-trentaine et leur respect mutuel. Piercing à l'arcade sourcilière pour l'un, nattes ndiagne de cheveux emmêlés et collier de cuir tressé pour l'autre. Hard tech contre reggae dans les écouteurs discrets qui contreviennent au règlement.

Les nattes d'Issa sont relâchées sur le gilet fluorescent qui recouvre son polo vert Mairie de Paris. Ses Aviator à monture or, trouvées à peine tordues dans une poubelle, protègent ses yeux rougis de la lumière rasante du matin. Il répond d'un hochement de tête accompagné d'un sourire au salut d'Areski, patron pas commode, mais toujours au poste, du *Montagnard.* Il ne s'arrêtera pas chez lui aujourd'hui pour le café, souvent offert. Il apprécie la poignée de bars kabyles, à l'ambiance populaire, de ce côté du boulevard. Ils ont pratiquement disparu en face, du côté onzième, dominé par l'industrie de la fête de part et d'autre de la rue Oberkampf. Sans les quelques commerçants qui savent apprécier la propreté devant leurs établissements, ses collègues et lui seraient totalement invisibles. Ils le sont aux yeux de la plupart des passants, pour qui la couleur verte de leur tenue se confond avec le mobilier urbain parisien. Invisibles. Du moins en tant qu'individus, que personnes sensibles. « Tu vas finir comme le monsieur si tu ne travailles pas bien à l'école. » Combien de fois a-t-il pu entendre ce genre de remarques d'un parent à son môme ? Franck s'en « bat les couilles », comme il lui a dit un soir où ils ont abordé le sujet, sans doute plus affecté qu'il y paraissait. Issa préfère s'en amuser. Pour un vrai Baye Fall, ces musulmans sénégalais souvent pris pour des rastas, être à la marge est une seconde nature, voire une fierté.

Plus loin sur le boulevard, Issa reconnaît la figure familière de Daniel le Loubavitch se faufilant habilement sur sa trottinette entre les passants au pas rapide, en retard pour le travail. Sa dégaine, barbe, chapeau et costume noirs de juif orthodoxe, contraste avec le véhicule pliable peu sérieux qu'il ne quitte jamais dans la rue. Son père, paraît-il, est un érudit, une personnalité respectée dans la communauté hassidique de Paris.

Les fêtards qui s'approprient les environs tous les soirs sont, à cette heure, en train de galérer sur leur Vélib'pour se rendre au boulot, ou déjà sur place devant leur écran, à cuver en faisant semblant de travailler. Les plus chanceux et les chômeurs font la grasse matinée. Leurs traces, elles, sont bien là : bouteilles de bière, de rouge, emballages de crêpes, de fast-food, cannettes et gobelets, regroupés en tas puis ramassés entre les balais et les pelles des deux collègues.

Issa décroche d'un passant de son pantalon de service la clef des BL, les bouches de lavage, suspendue avec un mousqueton d'alpiniste. Il l'enclenche et la tourne. L'eau se répand dans le caniveau. Quinze mètres plus loin, il met en place le gros boudin de tissu qui fait office de barrage. L'eau accumulée a rapidement le volume suffisant pour emporter tous les déchets présents dans cette portion du caniveau. Une fois le barrage enlevé, les plus gros détritus viennent s'amonceler contre les poils ramifiés en plastique du balai qui agit comme un filtre, par rétention. Il ne reste plus qu'à les récupérer à la pelle. Les plus petits déchets sont directement entraînés dans les égouts.

Le sillon d'eau évoque à Issa les sillons de terre rouge des champs de son marabout, où, en lieu et place du barrage de tissu, un monticule de terre formé à la pioche contenait l'eau avant qu'elle s'infiltre dans la terre riche… « Connard ! » Un retardataire sur son vélo hollandais vient de rouler dans la flaque, éclaboussant le bas de son pantalon de costume cintré. Un rictus amusé s'affiche sur le visage d'Issa, impassible. « Descends le faire toi-même ! » lui lance Franck en aval.

Malgré tous les progrès techniques qui ont modifié les métiers de la propreté, leur a-t-on expliqué lors de leur formation à l'école Eugène Poubelle, le balayeur traditionnel ne risque pas de disparaître. Il répond avant tout à un besoin psychologique. Laveuses, souffleuses, aspiratrices, aussi performantes soient-elles, ne remplacent pas la vision rassurante ni l'efficacité de l'humain qui ouvre les vannes et de son balai en action. Ils participeraient « à la prise de conscience des efforts collectifs nécessaires en matière de propreté ». Vu la réaction du type au vélo et les remarques désobligeantes de toute sorte que ses collègues et lui entendent quotidiennement, Issa se pose tout de même la question. Il se demande parfois à quel point ça aurait pu être pire s'ils étaient totalement remplacés par des machines. Il n'attend pas pour autant le regard des autres pour se sentir utile, et prend sa douche à l'atelier en fin de service avec le sentiment du devoir accompli. Mais la douche est encore loin : il doit être au niveau du métro avant 11 heures, changer de sac, repartir de plus belle en attaquant la côte raide de la rue de Ménilmontant pour revenir à l'atelier avant 13 h 30.

Le moment est venu de mettre un coup d'accélérateur. Issa récupère son téléphone dans sa poche et change de playlist. De la cadence lancinante du roots il passe au ragga dancehall et sa rythmique rapide, saccadée. Selon sa propre méthode, il pousse son roule-sac en trottant sur 15 mètres, retourne en arrière, puis le rejoint d'un pas vif. Il balaye tout ce qu'il trouve sur son passage, en suivant la ligne de basse tonique. De part et d'autre du boulevard, les immeubles haussmanniens en pierre de taille alternent avec ceux, plus modestes, des années trente. La plupart sont bien entretenus, souvent par des propriétaires récents venus du centre de Paris. D'autres, des étais aux fenêtres, attendent une rénovation. Les hauts sophoras japonais, plantés bien en ligne sur les bords du large trottoir, défilent au fur et à mesure qu'il avance. En face, le terre-plein central du boulevard est quasiment vide, hormis une poignée de chibanis qui, dans l'attente du prochain départ au bled, profitent de leur maigre retraite en discutant autour d'un banc. Une sorte de no man's land qui marque la frontière avec le 11ᵉ arrondissement et ses prix au mètre carré supérieurs. Sur ses flancs, une exposition de graff à ciel ouvert, à même les camions des primeurs. La bouche de métro en fer forgé Art nouveau qu'Issa distingue lui indique qu'il s'approche de la place sans nom où la rue Oberkampf devient rue de Ménilmontant. Il accoste un attroupement bigarré, hétéroclite, qui lui est pourtant bien familier ces dernières semaines. Alioune semble heureux de le voir.

– Diadieuf grand !

– Diadieuf Bay Fall.

Salutation typique des Bay Fall et poignée de main de condisciples, chacun portant à tour de rôle le dos de la main de l'autre à son front. Depuis quelques semaines, Alioune passe l'essentiel de ses journées au piquet de grève des sans-papiers de l'agence Batiservices. Des ouvriers du bâtiment, principalement d'Afrique de l'Ouest, mais aussi du Maghreb, y militent depuis bientôt six mois pour leur régularisation. Ils sont soutenus par un grand nombre d'associations, de syndicats et de sections locales des partis de gauche. Les comités de soutien aux travailleurs sans-papiers des 19e et 20e arrondissements sont les lieux incontournables du moment. Aussi bien pour les militants aguerris que pour les militants de circonstance, en quête d'un brin de convivialité de quartier dans leurs vies atomisées par la grise capitale.

Alioune est installé sur sa petite chaise africaine, faite de deux pièces de bois rouge sculpté qui s'enclenchent. Il prépare le thé sur une natte à même le trottoir, devant l'agence occupée, entre les chaises en plastique des autres grévistes et une table encombrée, où les tracts distribués côtoient le cahier qui recueille les signatures de soutien. Il a mis son haut de boubou en patchwork de wax coloré. Censé représenter le dénuement volontaire et l'humilité du disciple, le vêtement contribue en l'occurrence à rendre plus pittoresque sa petite scène de préparation du thé. De quoi assurer l'animation et attirer quelques sympathisants de plus à la cause.

– Alors, petit frère, toujours avec ta nouvelle famille ? Comment va le combat ?

– Ça se passe tranquillement, toujours là quoi. Ce qu'il nous faut, c'est les Cerfa, les contrats de travail, quoi. Ou une promesse d'embauche, c'est bon aussi. C'est le début pour monter les dossiers. Le point de départ. Mais l'agence d'intérim, là, elle s'en fout, elle veut rien entendre. Mais nous, on lâchera pas !

« On lâche rien ! » reprend un barbu à gâpette en levant son verre de thé, un autocollant Sud plastronné sur son pull.

Issa sait qu'Alioune a peu de chances de profiter directement de cette action. Il n'a dû travailler sur les chantiers qu'une poignée de journées depuis son arrivée. Son domaine à lui, c'est le végétal. Son rêve, devenir jardinier pour la mairie. En attendant, sa main verte se contente du petit deal d'herbe autour des bars du quartier, ou du déchargement des légumes pour un billet à l'ouverture des marchés. À l'occasion, il donne un coup de balai et de jet d'eau dans des cours d'immeuble et des entrepôts ; plus rarement il fait des missions de quelques jours sur des chantiers de construction. La plupart du temps pas déclaré ou sous un faux nom. La débrouille quoi. Issa ne juge pas. Il est passé par là. Il sait aussi qu'en prenant part à la mobilisation son ami peut profiter d'un repas chaud, qu'il aide lui-même à préparer grâce aux courses payées par les dons. C'est d'ailleurs lui qui l'a incité à se bouger, à diversifier ses fréquentations, faire des rencontres. Autres que celles des Sénégalais qui défilent dans l'appartement qu'il partage avec deux compatriotes, en bas de la rue Moret. « Alioune, tu veux bien me faire un thé ?

Sucré comme l'amour, s'il te plaît », demande en riant une trentenaire aux longs cheveux châtains tombant sur une robe grise en tricot léger.

D'une pichenette, Issa secoue le bob enfoncé sur les petites nattes de son ami. « Je te laisse beau gosse, j'ai pris du retard. »

*

Un bruit rythmé rappelant des maracas, en plus métallique, résonne, amplifié par l'acoustique de l'espace clos. Il est provoqué par la tête de Manuela qui vient heurter la caisse enregistreuse d'*Eros Caliente*. Même aux heures d'ouverture, l'intérieur du sex-shop est caché des passants du boulevard Clichy par un film autocollant fuchsia qui recouvre la vitrine. Le rideau de fer baissé isole encore plus la boutique de la rue. Bloquée contre le comptoir, Manuela Mambí subit les assauts répétés de son mari Jean-Jacques Marlant, dit Gros Jean-Jacques. Elle souffre, non pas au niveau de son sexe lubrifié au gel et faiblement impacté par le membre inversement proportionnel à la taille imposante du bonhomme, mais à cause du cisaillement de l'angle du comptoir sur son ventre. Elle cherche à s'absenter d'un rapport dénué de désir. Alors que Jean-Jacques agrippe ses épaules, elle pense aux bleus qui marqueront son corps pendant des jours, au niveau des côtes. Au sol, derrière le comptoir, son sarouel en coton imprimé entrave ses chevilles. Jean-Jacques ressent que l'impact de ses va-et-vient est limité, que sa partenaire ne le suit pas. Il attrape son bras gauche pour la retourner vers lui, les fesses sur le comptoir, son sexe, rasé comme le sien, face à lui. En la pénétrant, debout sur un escabeau qui d'ordinaire sert à atteindre les étagères trop élevées, il la fixe droit dans les yeux ; elle détourne la tête. Il lui agrippe alors le menton, pour immobiliser son visage. Elle esquive son regard. Insatisfait, il la retourne de nouveau, se réintroduit en elle, et, de sa main gauche, récupère le gel lubrifiant dans un tiroir. Il la masse avec le pouce. « Pas maintenant s'il te plaît. » Il continue. Elle renonce à renoncer. Il s'active sur elle quelques instants en poussant des petits grognements. Elle garde le silence. Il accélère la cadence, lui saisit la tête par la chevelure coiffée en afro, et la cogne contre la caisse enregistreuse tout en émettant un long râle guttural.

– Tu m'as fait mal, lui dit-elle en remontant son pantalon, puis en se passant la main sur le haut du crâne.

Estimant sans doute que ce débordement fait partie de ses prérogatives, Jean-Jacques lui répond d'un simple sourire. C'est pas comme s'il l'avait frappée. Qui ne s'emporte pas dans le feu de l'action ?

Il lui a demandé de venir avant l'ouverture, sous prétexte de lui montrer la nouvelle disposition des présentoirs et la nouvelle déco, faite de silhouettes de femmes lascives, d'hommes en érection et de palmiers en paillettes argentées sur fond fuchsia. Il devait se faire livrer de nouveaux sex-toys par son fournisseur, un Antillais un peu frimeur. Il voulait que Manuela soit là, il voulait voir sa belle femme des îles. Finalement, l'homme lui a posé un lapin. Vexé, il a canalisé son énervement dans ce coït matinal.

# 2

C'est vraiment pour tout le monde de nos jours les sex-shops, se dit Farid à la vue d'une belle femme passant sous le rideau à moitié baissé d'*Eros Caliente.* Peut-être que cette fille travaille là. C'est pas un peep-show, pourtant. Il s'attendait plutôt à y trouver des petits bonshommes glauques, honteux, qui regardent autour d'eux avant d'y entrer, ou qui en sortent précipitamment, ni vu ni connu, leur petit paquet banalisé sous le bras. Il s'allume une cigarette en attendant d'y entrer à son tour, balaye les environs du regard. Les petites entreprises du sexe ne connaissent pas la crise : au loin, le Moulin-Rouge, mais aussi *Fantasy DVD*, *Porno shop le spécialiste du DVD X*, *Veronica supermarché érotique*. Pourtant, le quartier est moins craignos que quand il était gamin, avec son Monoprix et ses restaus japonais. Qui s'achète des DVD de cul aujourd'hui ? Sérieusement ? Avec YouPorn et compagnie sur le Net ? Faut croire qu'il y a toujours une clientèle, peut-être pour ces tenues en latex… Farid jette sa clope aux pieds d'une touriste japonaise et passe sous le rideau. Il fixe son regard sur un double gode en caoutchouc translucide pailleté dans la masse. *Double D*, la marque sur l'emballage. Il a déjà vu ce genre d'objets dans des vidéos où deux filles se tamponnent cul contre cul. Pas mal comme délire.

– C'est fermé ! Vous n'avez pas vu le rideau baissé ?! s'écrie Jean-Jacques en sortant de sa remise.

– Moi je dis que c'est pas fermé. Fermé, c'est fermé, là c'était ouvert vu qu'j'suis entré.

– Ça marche pas comme ça…

– Tu vas faire quoi ?

Jean-Jacques est vacciné contre les emmerdeurs qui pullulent dans le quartier, particulièrement dans sa branche. Parce qu'il s'agit d'un sex-shop, certains se croient tout permis. S'il a appris une chose, c'est qu'avec eux il faut être radical, frapper fort et en premier dès qu'ils dépassent une ligne rouge. Contester frontalement la fermeture de l'établissement en est clairement une.

– Ah, tu veux te la jouer comme ça, connard !

Il attrape une petite batte de baseball en métal sous le comptoir, qu'il enjambe d'un mouvement qui aurait été fluide quinze ans et trente kilos plus tôt. Il se jette sur Farid, l'arme en avant. D'un seul élan, Farid s'empare de la batte et assène une balayette au niveau des chevilles de Jean-Jacques qui tombe dans un bruit sourd sur le sol en stratifié. Pailleté aussi, le stratifié. Farid s'empare du

*Double D*, déchire l'emballage et tente de l'insérer dans la bouche du grand homme en surpoids affalé sur le sol. Tout en serrant les dents, Jean-Jacques tente de demander des explications.

– Mais… Mais t'es qui, qu'est-ce que tu veux ?

– Tu te souviens pas de moi ? Je travaille avec Doom's, j'étais avec lui quand on t'a filé l'oseille. On avait dit : tu prends les vingt mille et au bout d'un mois, pas plus, pas moins, tu nous files vingt-quatre mille, pas plus, pas moins.

– C'est bon, j'ai que deux jours de retard, j'ai commandé de la marchandise, ça va partir comme des petits pains. Je vous rendrai votre fric, y a pas de soucis, je…

– Un peu que tu vas nous le rendre. Tu nous dois déjà deux mille de plus. N'essaye pas de nous la faire à l'envers, on sait où est ta boutique, on sait où tu crèches, on sait tout sur ta vie de beauf.

Farid ponctue sa tirade en lui mettant un coup sec de *Double D* sur le front. Puis il repasse sous le rideau en glissant le gode dandinant dans sa veste trois-quarts. « Je te prends ça. »

Jean-Jacques se relève péniblement, essuie sur sa manche la bave dégoulinant de son menton et crache comme pour évacuer l'affront. Il se souvient maintenant, le gars ne payait pas de mine quand il l'avait entrevu à l'arrière du 4×4 de Doom's. Pas spécialement costaud pour un gros bras. Vu la facilité avec laquelle il l'a mis à terre, il doit maîtriser un sport de combat. Ça sent la pratique.

Il aurait dû voir venir. Des gars de quartier qui te proposent vingt mille euros comme ça, c'est pas des mères Teresa.

La connexion s'est faite pendant sa livraison hebdomadaire de revues porno chez Denis, le kiosquier de Ménilmontant, avec qui tout le quartier échange quelques mots. Malgré son air distant de punk rockeur, c'est le genre sympa et à l'écoute. Des amitiés, des couples et des collaborations de toute sorte se sont faits et défaits autour de son kiosque. Jean-Jacques racontait à Denis ses déboires dans le lancement du sex-shop. Les erreurs dans les commandes, le décollage lent, les factures qui s'accumulent, le manque de trésorerie, la banque qui ne suit plus. « Il manque juste vingt mille euros, les clients sont là, ils n'attendent que ça, c'est juste une question de timing qui tombe mal. » Cyril, un jeune de la cité Piat qui travaille chez le traiteur antillais de la place, avait saisi la conversation au vol : « Je connais des gens qui peuvent t'avoir cette somme. Il faut être sûr de rembourser à temps, par contre. » Échange de 06 et, dans la foulée, rendez-vous dans un parking en sous-sol de la cité avec l'équipe du fameux Doom's. Le gars n'avait pas l'air de rigoler dans sa BM X6. À peine 30 ans et déjà un discours de parrain. Le Black Don Corleone. « Tu la joues réglo avec nous, on la joue réglo avec toi. T'essayes de nous doubler, c'est chaud pour toi. Je prends ça comme un manque de respect. Et il vaut mieux ne pas me manquer de respect. Renseigne-toi. » Jean-Jacques était ressorti du parking avec le sourire et les vingt mille dans une enveloppe en papier kraft. Aussi facile que ça, il s'était dit. J'emmerde ces petits cons de banquiers qui te prennent de haut, jouent les boss dans leur petit costard Celio, mais ne sont jamais là quand on a besoin d'eux. Ces mecs de cité s'y connaissent en business, eux. Il ne lui manquait que cette somme pour peaufiner son palace du sexe, réaliser son rêve. Il s'était un peu planté dans la marchandise commandée au départ. Le marché du sex-toy évolue vite. Il faut rester à la page. Sa première commande n'était pas ajustée à la demande du moment. Comment a-t-il pu passer à côté du *Rabbit* avec stimulation vaginale à billes tournantes et stimulation clitoridienne vibratoire, de l'œuf vibrant télécommandable à distance ? Les godes imitant de grosses bites nervurées, c'est has-been, on est dans l'air du design à présent. Et puis la déco du shop laissait à désirer. Toujours le design. Il a pris une claque en visitant les boutiques alentour. Il aurait dû le faire plus tôt. Des erreurs de débutant. Entre la reprise du bail, les travaux et son stock de départ, il a investi toutes ses économies, cent vingt mille euros, et emprunté quarante mille à la banque. Les vingt mille étaient un petit ajustement. Mais malgré ce nouveau souffle, les livraisons ont tardé, le chiffre d'affaires n'a pas vraiment décollé et un mouvement de grève l'a privé de son revenu habituel dans la distribution de magazines de cul en points presse. Une vraie poisse. Et dire que le banquier l'avait encouragé dans la voie de la diversification. Il aurait pu le suivre pour les vingt mille de plus. Mais non… Dommage. Les lettres de rappel, ça passerait toujours mieux que les nerveux en visite surprise. Mille euros par jour qu'ils veulent, ces usuriers. C'est même pas son chiffre d'affaires, sans les frais. Il va falloir que ça fonctionne et vite. Et Manuela qui ne veut même pas filer un coup de main. Rien que sa présence au comptoir aurait pu attirer le chaland.

*

– Merci mon petit.

Petit. Un qualificatif qui colle à la peau d'Alioune. Il n'en veut pas à la vieille dame qui le remercie d'avoir porté ses courses dans l'escalier, elle n'est qu'affection. Faut dire qu'il ne dépasse le mètre soixante-dix qu'à l'aide de son bob, posé sur ses locks en devenir, brins de kératine entortillés, jeunes pousses que le couvre-chef protège comme une serre. Mais à vingt-huit ans, il aimerait que de temps en temps on l'appelle grand, pas le grand de « mon grand », celui qu'en France on réserve aux petits justement. Plutôt le grand du pays avec le r bien roulé qui témoigne du respect qu'on porte à un interlocuteur de valeur, à celui qui a roulé sa bosse.

Il descend deux à deux les marches en bois aux angles arrondis par plus d'un siècle d'usure. Les pieds y glissent facilement, mais le vernis bas de gamme qu'on y a mis lors des derniers travaux, pourtant hors de prix, accroche la poussière et complique son travail. Il doit s'y prendre à plusieurs fois pour trouver la clef du local technique dans le trousseau qui rassemble, comme autant de grelots sonnant à chaque pas, les clefs des immeubles où il intervient. Il récupère la pelle et le balai en laissant la porte entrouverte pour revenir chercher le seau et la serpillière une fois le balayage terminé. Il a déjà demandé au président du conseil syndical l'accès à une prise électrique. Il peut facilement récupérer un aspirateur industriel sur un des chantiers qu'il fait au black. Mais ce gros radin a refusé catégoriquement : aucune prise n'est accessible dans les parties communes, sinon chaque bricoleur du dimanche pourrait s'y brancher et bonjour la facture. Son employeur a ajouté qu'un nettoyage dans les règles de l'art se faisait au balai. En plus, il devrait déjà s'estimer heureux qu'il lui laisse utiliser sa salle de jeu en sous-sol pour se reposer ou faire un petit billard. Et c'est vrai qu'entassé dans un deux-pièces avec ses deux colocs il ne peut pas cracher sur un espace de repos tout confort dans le quartier. S'il finit par rencontrer une fille, c'est son seul espoir d'avoir un peu d'intimité.

Il a à peine mis un pied dans la cour pour sortir les poubelles qu'il découvre les conteneurs encerclés d'un amas de gravats. Alors qu'il se demande encore comment il va s'y prendre pour les en extirper, un type avec une casquette violette jette nonchalamment par-dessus une grosse boule de vieux papier peint froissé.

– Monsieur ? C'est pas comme ça, je suis pas payé pour sortir votre bordel, là.

– J'ai jeté que du papier, le reste c'est pas à moi.

Bien tenté, alors qu'il a encore la poussière de ses travaux sur le jean. Voyant la tête que fait Alioune et sans doute pris d'un doute sur la crédibilité de ce qu'il avance, le type sort un billet de vingt de sa poche et le lui tend.

– Tu sors ça avec le reste des poubelles et on n'en parle plus ?

Ça se refuse pas, Alioune arrache le billet de la main du type qui sort de l'immeuble sans un mot ou un regard. Pourtant, vingt euros, c'est rien par rapport à l'amende qu'Alioune risque face aux contrôleurs de la mairie qui parcourent le 20e en quête d'un flagrant délit de dépôt sauvage. Ils vont même jusqu'à jouer les détectives en fouillant les gravats à la recherche de l'indice qui pourrait les faire remonter jusqu'au coupable. En plus, s'ils ont la mauvaise idée de lui demander ses papiers ou d'appeler les flics, il risque de se retrouver dans un charter aller simple pour Dakar. Surtout qu'il n'est plus couvert par son « grand frère » Issa. Depuis que son ange gardien a été titularisé à la Propreté, il ne l'autorise plus à utiliser ses papiers, et encore moins son ancien numéro d'autoentrepreneur.

En quittant l'immeuble, sa tâche accomplie sans heurts, Alioune descend la rue de Ménilmontant lorsqu'une voix féminine s'élève :

– Alioune ?

C'est elle, la Cubaine, qui trotte dans la pente pour le rattraper. La tache qu'elle a sur le visage a gagné encore un peu plus de terrain sur sa peau ambrée.

– Manuela !

– T'as du matos en ce moment ?

– Toujours l'africaine. J'en ai pas sur moi, mais je peux t'apporter ça.

– Un pochon de cinquante pour cet après-midi. C'est bon ?

– Pour toi, c'est toujours bon !

Plutôt que de l'herbe il devrait lui filer une de ses décoctions spéciales pour stopper la progression de sa dépigmentation, se dit-il, sinon elle finira complètement albinos.

# 3

– *J'ai du bon tabac dans ma tabatière. J'ai du bon tabac, tu n'en auras pas…*

Trois passants hésitent. Un garçon, longue barbe taillée et chemise à carreaux, ralentit. Une fille en Stan Smith l'entraîne par la main pour rejoindre leur ami qui, la moustache amusée, les attend plus loin dans la rue des Envierges.

Modibo secoue la tête en riant de la tirade de son pote : Fouad est bien le seul dealer de la cité Piat à pousser la chansonnette pour appâter le client.

– T'es un ouf…

– Ben quoi ? Toujours la même, genre « tu cherches quelque chose ? », c'est abusé. L'autre jour, je l'ai sorti à un vilci, j'ai mis une demi-heure à m'en débarrasser, fouille au corps, la totale. Là, je fais dans la chanson française. Peuvent rien me reprocher.

– J'avoue. On gère, on gère… *Got my mind on my money…*

– ... *and my money on my mind*... complète Fouad en checkant son ami d'une manière mise au point il y a quelques années, sur les bancs de l'école primaire de la rue de la Mare.

Ils n'ont pas vu approcher un homme d'une bonne trentaine d'années, une casquette filet violette posée sur ses cheveux longs. Il tend la main comme pour les saluer à son tour. Fouad ignore son geste et lui jette un regard glacial.

– Tu veux quoi ?

– Comme d'hab.

Le gars ne se sent pas malin en attendant là, en silence, que Modibo revienne avec la marchandise, à côté de Fouad toujours aussi froid. Sa conso en poche, il s'éloigne en direction de Ménilmontant sous les ricanements des deux ados.

Assis à deux sur un scooter Burgman défoncé, surplombant le parc de Belleville, ils ont une vue grand angle sur la ville de Paris. Encore méconnue des touristes, la petite place qu'ils doivent « tenir » offre un des panoramas les plus complets de la capitale. Elle fait partie des nombreux lieux du quartier où se côtoient, surtout à des fins transactionnelles, jeunes des cités environnantes et habitants du parc privé. Un vrai marché en expansion qui attire l'aspirant Django Reinhardt ou l'apprenti Banksy en quête de sa dose quotidienne d'inspiration *made in Maroc,* plus ou moins coupée à la paraffine selon l'arrivage.

Les deux amis, mineurs, se sentent encore à l'abri de la loi et ont l'impression d'occuper un petit boulot comme un autre, de tenir la caisse d'une épicerie en plein air. Au loin, le Panthéon, Beaubourg, la tour Eiffel : repères dans le paysage parsemé de reflets qui leur picotent la rétine. Le pare-brise scintillant d'un véhicule en approche les sort de leur contemplation : vitres teintées, infrabasses, la Smart de Doom's chevauche le trottoir et s'arrête. Il vient à leur rencontre. Comme la moitié du quartier, Modibo et Fouad ont beaucoup spéculé sur ce qu'il a fait pendant deux ans, en Afrique, après son passage en prison. Ce qui est sûr, c'est qu'il est revenu avec une BM X6 Pack Sport, qu'il a rapidement troquée pour la Smart, plus discrète et maniable dans les ruelles de Belleville.

Doom's saisit les ados par-derrière d'une double accolade aux allures de clef de tête qui manque les renverser du scooter.

– Alors, la marmaille, on dit quoi ?

Fouad se dégage avec précaution de l'étreinte du boss. Modibo sait qu'il n'aime pas qu'on lui fasse la misère.

– Un peu calme aujourd'hui, mais ça a bien débité toute la semaine.

– Et toi Modi, les cours, ça se passe ?

– Je m'accroche, on va dire.

– C'est mon gars sûr ça ! C'est à l'humilité qu'on reconnaît les mecs sérieux. Et le son ? T'as des nouvelles prods ?

– J'ai un peu levé le pied là, pas grand-chose de neuf à te faire écouter. Je fais des économies pour un nouveau sampler, la MPC trois mi…

– J'ai un nouveau matos si ça vous dit. Ça vous coûtera moins cher, vous pourrez vous faire plus de marge…

Modibo voit que Fouad fronce les sourcils. Il bloque sur le mot marge :

– Le gen-ar qui reste dans ta poche, Einstein.

Fouad n'a pas perdu son air perplexe, un sourire hésitant révèle ses dents.

– Et pourquoi c'est moins cher ? Vous ajoutez quoi dedans ?

Le spécialiste de la question de trop. Dooms réajuste sa clef de tête.

– T'es curieux toi. *Vous ajoutez quoi dedans ?* C'est pas ton problème et c'est pas moi qui m'en occupe, c'est les mecs de Champigny. C'est du tcherno, de la daube. Vous avez pas besoin de fidéliser. Vous taffez la clientèle de passage. Y a assez de bolos dans le coin. Moi je vous dis, fumez pas dessus… Faut garder les idées claires.

Il en faut plus pour décourager Fouad :

– Et y'a moyen de toucher autre chose, se faire un peu plus de maille ?

Doom's écarquille les yeux, mi-étonné mi-furieux, et serre un peu plus son bras autour du cou de l'ado.

– Tu parles d'la C, là ? Tant que vous avez affaire à moi, vous y touchez pas. Pas à votre âge en tout cas. Vous savez bien qu'c'est sheitan, vous êtes pas des teubés quand même.

Modibo regarde son ami, exaspéré de le voir se risquer à des emmerdes avec un grand du quartier. La fougue et le culot qui permettent à Fouad de sortir des freestyles qui déchirent l'empêchent bien trop souvent de tenir sa langue.

– C'est clair, je touche pas à cette merde moi.

Fouad réalise qu'il est sans doute allé trop loin.

– Moi non plus, je demandais comme ça... J'ai le droit de demander, non ?

Doom's se dirige déjà vers sa voiture.

– Tu demandes ce que tu veux, mais tu joues pas au con avec moi. Y'a des règles dans ce biz. Modibo, viens me voir pour ton sampler. On peut peut-être s'arranger si tu me files des sons à refourguer.

Avant d'embarquer, Doom's passe le doigt sur une rayure tracée à la clef sur sa portière. Dans le quartier, se payer une demi-portion de voiture au prix d'une Golf indique qu'on a de l'argent. Ça fait des jaloux.

*

*Gamoto...* Denis marmonne dans sa barbe broussailleuse qui commence à blanchir. En grec, comme toujours quand il peste, mais aussi pour ne pas se faire comprendre de Sylvie qui lui tient la jambe depuis bientôt trois quarts d'heure.

– Qu'est-ce que tu dis ?

– Non, rien, continue.

– Donc, Clara commençait à penser de plus en plus à Ruben. Elle fantasmait sur lui et lui dédiait de longues lignes dans son journal intime. Ruben qui était marié, comme je t'ai dit, ne s'en doutait pas une seconde. Mais elle, elle sentait qu'il n'était pas heureux dans son couple. Elle se demandait s'il ressentait la même chose vis-à-vis d'elle…

Célibataire, la quarantaine, mais habillée comme si elle avait vingt ans de plus, Sylvie est en plein pitch de son projet de roman. Les longs cheveux noirs qui encadrent le visage de Denis accentuent son air blasé. Guitariste-chanteur de garage punk, il est plus Chuck Berry ou Ramones que Barbara Cartland. Mais écouter des gens raconter leur vie est son lot quotidien depuis bientôt cinq ans qu'il tient l'un des kiosques à journaux de la place. Seul en poste pour des journées de dix heures, il sympathise forcément avec certains clients. Ça fait passer le temps. Puis les gens peuvent vous surprendre. Mais le problème, avec un commerce ouvert aux quatre vents, est que vous êtes là, plongé directement dans la vie du trottoir, arrimé à votre abri à canards. Être ouvert et avenant se retourne alors contre vous. Vous vous retrouvez captif d'« amis » que vous n'avez pas forcément choisis. Les moins perspicaces d'entre eux, poussés par leur solitude, n'hésitent pas à vider leur sac ou étaler leurs états d'âme au gré de leur humeur, sans tenir compte de la vôtre.

En apercevant l'uniforme vert de son ami sénégalais, Denis voit le bout du tunnel.

– Issa ! Comment se passe la tournée ? Entonne-t-il bien fort pour interrompre le synopsis du futur chef-d'œuvre.

– Tranquillement, comme d'habitude, quoi. Et toi, comment vont les affaires ?

– De pire en pire... Sylvie, tu m'excuseras, on reprend à un autre moment ? De pire en pire, depuis les travaux et le déplacement du passage clouté. Avant, les gens qui sortaient du métro passaient devant le kiosque pour prendre la rue de Ménilmontant. Maintenant, je suis contourné, alors que pour l'autre kiosque rien n'a changé. Et puis il y a ça, fait-il en montrant le battant gauche du kiosque qui sert en même temps de présentoir.

– Il est vide ? C'est quoi que tu mets là déjà ? Les bouquins de cul, non ?

– Les magazines de cul, et les revues de rencontres... coquines comme ils disent. Je suis en rupture et ça fait presque la moitié de mon chiffre d'affaires. Je suis obligé de bosser douze heures par jour pour m'en sortir.

– T'as oublié de passer ta commande ou quoi ?

– Non, c'est le gros Jean-Jacques, mon distributeur. Il a disparu ces derniers temps.

– Il n'est pas joignable ?

– Si si, mais il s'est mis dans une embrouille pas possible. Il a des dettes à rembourser. Il me dit que c'est une question de jours, mais ça commence à traîner en longueur, cette histoire.

Issa, en plein passage, doit s'extraire pour permettre l'accès à un sexagénaire maghrébin, ou turc peut-être, en costume gris élimé trop grand pour sa taille. *Paris-Turf*, s'il te plaît. »

– Vous êtes musicien, non ? Vous faites du djembé.

Issa se retourne sur une femme à l'afro volumineuse dans laquelle est planté un peigne en bois. Ses yeux sont légèrement fatigués. Une tache rose pâle lui recouvre une partie de la joue, jusqu'à la mâchoire. Ça lui donne une certaine fragilité, qui contraste avec son corps athlétique et harmonieux. Le tout lui semble familier.

– Vous étiez aux percus, au stage de danse africaine du centre Momboye, avec votre ami Alioune.

Issa comprend d'où vient la familiarité, une fille comme elle ne s'oublie pas de sitôt.

– Ah oui, c'est bien moi. Vous êtes danseuse ?

– Oui, et prof aussi, j'ai suivi les stages avancés de ballet guinéen. Je suis cubaine, mais j'ai des origines yoruba. Tout ce qui vient d'Afrique de l'Ouest m'intéresse, c'est les racines. Vous jouez souvent ? En public, je veux dire ?

– Pas trop, mais on va sûrement faire quelque chose pour la Fête de la musique. On ne sait pas trop où encore. Peut-être à la Villette, s'il fait beau.

– J'aimerais bien voir ça !

– Je vous donne mon numéro, appelez-moi quelques jours avant et je vous dis où ça se passe.

Pendant qu'il s'exécute, son collègue Franck, qui s'était arrêté pour un café, approche avec son roule-sac. Ils ont pour habitude de se rejoindre devant le kiosque avant de poursuivre leur tournée. Au moment où Manuela prend congé, Denis profite de l'instant de répit qui s'offre à lui, en l'absence de clients, pour sortir de son kiosque, fumer une cigarette au soleil. Il porte sa tenue habituelle, tee-shirt et jean noirs sur lesquels les traces d'encre des journaux, qui n'épargnent pas ses mains, passent inaperçues.

– Tu t'es fait une nouvelle copine ?

– C'est pas ce que tu crois, c'était une élève d'un cours…

– Je ne crois rien du tout. Ça ne me regarde pas, en plus… Manuela elle s'appelle.

– Tu la connais ? Elle veut venir nous voir jouer.

– C'est la femme de Jean-Jacques, mon distributeur. Enfin, plus pour longtemps d'après elle.

# 4

Un chaâbi lancinant sort des enceintes de la nouvelle Classe S lancée à 150 kilomètres/heure sur l'A2. Au volant, endimanché, cravate bleu ciel desserrée et costume gris, Jean-Jacques affiche une mine contrite. À la place du mort, Farid chantonne l'air qui lui est familier, tout en tirant sur sa cigarette électronique parfum cannelle chicha. Le costume, c'était pour le rendez-vous du matin à la filiale de sa banque, où Jean-Jacques a apposé sa signature finale au contrat de location avec option d'achat. Sous la contrainte, Farid lui a fait acheter la luxueuse berline en leasing dans le but de la revendre dans la foulée. En début d'après-midi, ils sont passés chez une de ses connaissances, un Gitan de Champigny, pour faire maquiller le moteur et falsifier la carte grise. Ils sont à présent en route vers le marché de véhicules d'occasion derrière les abattoirs d'Anderlecht, près de Bruxelles. Jean-Jacques déteste la cannelle, il baisse légèrement la fenêtre côté conducteur pour évacuer la vapeur aromatisée qui a envahi l'habitacle.

– Je peux m'allumer une clope, au moins ?

– Non, y'a pas moyen, ça se vend moins bien, une voiture qui sent la clope. Puis c'est mauvais pour ta santé. Regarde-moi, je suis en train d'arrêter, dit Farid en lui crachant un nuage de vapeur au visage.

– Je suis allergique à la cannelle.

– Ben tant pis pour toi, mon gros.

Le niveau de déprime et de nervosité de Jean-Jacques monte encore d'un cran. Il se demande comment il a pu en arriver là. Il n'a jamais eu de problèmes d'argent auparavant. Responsable de la distribution en kiosque des revues pornographiques dans tout l'Est parisien, il a gagné des sommes importantes. Du fric qu'il a dépensé en grande partie dans l'alcool, la coke et les prostituées, en France ou à l'étranger. Il a voulu se ranger en ramenant Manuela de son voyage à Cuba. Mener une vie de couple tranquille. Il réalise maintenant qu'en la sentant s'éloigner au fur et à mesure qu'elle s'enracinait à Paris, il a décompensé, voyant toujours plus grand, jusqu'à élaborer son projet de sex-shop à Pigalle. Il en a fait une idée fixe, son dada. Son bijou, comme il aime appeler la boutique, surtout depuis qu'il a refait la décoration. Sauf que l'emballement n'est jamais bon pour les affaires. Il a proposé à Farid de rembourser une petite partie de sa dette, en refourguant à prix de gros les godes démodés en plastique rose chez un grossiste du quartier rouge à Bruxelles. Ils en ont chargé trois gros sacs de sport pleins à ras bord dans le grand coffre de la Mercedes. Il n'a bien sûr pas parlé à Manuela du prêt de Doom's ni du sale engrenage dans lequel il s'est empêtré.

« Et puis merde ! » dit Jean-Jacques en sortant nerveusement un paquet de Lucky Strike de la poche intérieure de son veston. Alors qu'il a positionné une tige entre ses lèvres et cherche son briquet dans sa poche de pantalon, Farid sort de la boîte à gants le Double D dandinant qu'il ne lâche plus depuis sa confiscation, et le balance d'un coup puissant, qui claque comme un fouet et fait exploser en miettes la cigarette du conducteur. Surpris, Jean-Jacques met un grand coup de volant à bâbord, déviant sur la voie de gauche. Une camionnette en train de les doubler manque de heurter la rambarde de sécurité et émet un long bruit de klaxon qui s'estompe au fur et à mesure qu'elle s'éloigne.

Farid ne semble pas plus perturbé que ça.

« J'ai dit, on fume pas. Si tu nous tues, je te tue. Et tu ramasseras les miettes de tabac. »

*

Ça remonte déjà à six ans, ce séjour *all inclusive* à Varadero, la grande station balnéaire à L'est de La Havane. Les ventes de la presse pornographique se portaient à merveille, cette année-là, et Jean-Jacques avait du fric à claquer. Dans les filles de préférence. Sauf qu'à Paris, pour claquer son pognon dans les filles, il faut vraiment en avoir. Un vrai gouffre. Et après trois séjours en Thaïlande, il avait exclu cette destination. Pas son truc les Asiatiques finalement. Il avait également pensé au Sénégal, aux hôtels de la Petite Côte, mais trop de pudibonderie chez les musulmans, puis le palu, les maladies… non merci. Restait les pays de l'Est, la République tchèque où il avait déjà fait quelques séjours. Mais dans les pays de l'Est, dès qu'il s'agit de femmes, il y a toujours des hommes un peu trop présents dans les environs. Et ils ne sont pas commodes, les gars de l'Est. Il s'est fait avoir plus d'une fois dans les bars de Prague. À peine touché un nichon, bue une petite coupe de champagne, il se retrouvait à un distributeur accompagné par un molosse de mèche avec les flics qui lui extorquait mille euros au bas mot. L'équivalent de trois mois de salaire là-bas. Mauvais plan, bonjour le sens de l'hospitalité ! C'était tout le contraire à l'aéroport José Martí de La Havane. Ramon, l'employé du *Paradisus Varadero*, l'attendait tout sourire avec sa petite pancarte MISTER MARLANT. Après avoir pris en charge ses bagages, il l'avait conduit jusqu'à la Chevrolet Bel Air de l'hôtel. Et *por las chicas*, c'est *all inclusive* aussi ? avait-il plaisanté. Quand même pas, à lui de se trouver sa *chica* exclusive. Et c'était pas ce qui manquait. Une fois installé dans sa chambre avec vue sur piscine à débordement, il était parti en vadrouille, hors des circuits balisés du *all inclusive*. Un *taxista* lui a sorti un catalogue avec une liste de filles classées par prix et par caractéristiques physiques. En plus d'un classement par teint de la peau, chaque fille était évaluée en top ou moyen pour le corps et le visage. D'après ce chauffeur de taxi, avec la femme cubaine, il n'y avait aucun effort à faire. « Il suffit de te poser sur le lit, un petit mojito sur ta table de chevet, et tu la laisses prendre les choses en main, la femme cubaine. *Satisfacción garantizada !* » Dans tous les bars à touristes, il se retrouvait avec une cour de prétendantes. L'embarras du choix. Pour vingt-cinq dollars la nuit et plus de discrétion, il s'était loué une chambre chez l'habitant en plus de sa chambre d'hôtel. Vingt-cinq dollars, c'était aussi le prix moyen des filles, et pas pour une passe, mais pour la journée entière. La quinquagénaire qui lui avait proposé le deal n'avait que deux conditions : uniquement des filles majeures, et une seule à la fois. Ça changeait de la Thaïlande : pour un prix équivalent, tu te faisais sucer à Cuba par une diplômée en sociologie ou en chimie. Les pipes avaient une tout autre saveur. Voilà concrètement un des avantages du système d'éducation castriste.

Mais Jean-Jacques n'aimait pas sortir trop cash les dollars de la grosse liasse qu'il avait obtenue au bureau de change. Au concept de la *jinetera*, qui se prostitue dans la rue pour boucler les fins de mois, il préférait celui de la *novia*. Pas de transaction financière directe. La *novia* te dira : « Achète-moi un pantalon », ou « Donne-moi un peu d'argent pour m'en acheter un » à la rigueur, en maintenant l'illusion qu'il s'agit vraiment de ta « copine ». Avec un peu d'imagination, t'as vraiment l'impression de t'être dégotté une conquête du cru.

Au bout d'une semaine, repu de chair locale, il avait décidé de faire un break. Il avait lâché sa chambre chez l'habitant et décrété qu'il allait un peu plus se frotter à la culture du coin. Il s'était inscrit au cours de salsa niveau débutant. La prof venait deux fois par semaine à l'hôtel de Varadero. Elle l'a tout de suite impressionné : sensuelle et sévère à la fois. Sévèrement bonne aussi, malgré une dépigmentation surprenante au visage. Jean-Jacques était de loin le plus mauvais danseur parmi les touristes du cours. Mais il ne se démontait pas. Fasciné par cette femme qui le dirigeait, le corrigeait et ne lui faisait pas les yeux doux pour quelques billets, il faisait des efforts impressionnants pour bouger sa grosse carcasse en cadence, intégrer autant que possible les pas montrés par la jeune *mulata* diplômée de la Facultad de Musica del Instituto Superior de Arte de La Havane. Elle l'avait sévèrement recadré dès les premières minutes, quand il avait tenté de masquer sa maladresse par des pitreries. Jean-Jacques savait qu'il ne deviendrait jamais un danseur de salsa professionnel et que les jeunes métisses charmantes ne manquaient pas sur l'île. Beaucoup plus avenantes, qui plus est. Quelque chose pourtant l'avait poussé à rester. À la fin du deuxième cours, dans un espagnol plus qu'approximatif, mélange de souvenirs d'école et de mots français affublés de terminaisons en a et en o, il avait proposé à sa prof de prendre un verre au bar de l'hôtel. Devant son audace, la même qui lui avait permis de tenir jusqu'au bout des deux cours malgré sa gestuelle empotée, elle avait accepté. Hésitante, et sans doute plus amusée qu'attirée. Il n'avait bien sûr pas dit un mot de sa première semaine de vacances. Il avait sorti le couplet du touriste solidaire, conscient que le complexe hôtelier de Varadero ne représentait en rien la réalité cubaine, à côté de laquelle il risquait de passer. Elle avait fini par lui proposer de faire un tour à La Havane. Elle ne pouvait pas l'héberger, mais connaissait un hôtel tenu dans un quartier pas trop touristique par des amis *habaneros* qui pourraient lui faire un bon prix. Le soir, elle l'avait invité à la Casa de la musica dans le Centro Habana, un bar dansant majoritairement fréquenté par des Cubains. Vu son piètre niveau, il s'était arrimé au bar pour ne pas y bouger de la soirée, enchaînant *cuba libre* sur *cuba libre*. Il avait fait un petit signe à deux quadras françaises hébergées dans le même hôtel que lui. Elles étaient arrivées rayonnantes au bras de deux jeunes Noirs d'à peine vingt ans qui leur faisaient danser une salsa moderne, survitaminée, empreinte d'une gestuelle athlétique au parfum hip-hop. Plus tard, Manuela lui avait expliqué que la salsa était l'appellation réservée aux touristes, que les Cubains parlaient de son, de casino ou de timba. Alors que le bar se vidait, Jean-Jacques avait fait mine de rentrer à l'hôtel, laissant à la jeune femme la liberté de se faire raccompagner par un de ses nombreux cavaliers si elle le souhaitait. Une fois dehors, il avait recruté deux musiciens de rue, attendant la sortie des boîtes pour se faire quelques dollars. La sérénade en l'honneur de Manuela n'avait pas suffi pour finir la soirée avec elle. Il avait dû rentrer seul au petit hôtel, par ailleurs très agréable, qu'elle lui avait recommandé. Le lendemain, il l'avait joué indépendant en visitant seul le centre historique de la ville. C'était sans doute la première fois de sa vie qu'il choisissait la stratégie de la distance plutôt que la méthode char d'assaut, naturelle chez lui. Un choix qui avait porté ses fruits, vu que Manuela lui avait rendu visite à son hôtel pour « prendre de ses nouvelles ». Il était resté sur la même ligne, celle de la réserve, les jours suivants. À la fin de la semaine, la tactique du « laisser venir » lui avait valu une invitation à dîner dans le petit deux-pièces de Manuela, au dernier étage d'un immeuble du Centro à l'architecture coloniale. Une invitation à dîner transformée en invitation à rester. Au cours d'une nuit bien différente de celles passées avec ses *novias* d'un soir, il avait extirpé tous les restes de sensibilité enfouis sous son gros ventre en osant les mots doux, les caresses et même un long cunnilingus. Une prouesse qu'il n'avait pas réalisée depuis de nombreuses années, au point de se demander si l'orgasme qui en avait résulté n'était pas feint. Ils ne s'étaient pas quittés de la semaine et à son départ, quand elle l'avait accompagné à l'aéroport, ils s'étaient promis de se retrouver.

*

Une larme finit de s'écouler sur la joue d'Issa. En atteignant la commissure des lèvres, le goût salé irradie sa bouche. Après avoir haché menu deux oignons, la lame de son grand couteau de cuisine crisse à répétition en fendant en deux, en quatre, puis en huit un chou vert sur une planche en bois. Toujours avec la lame, il en fait glisser les quartiers dans un récipient en plastique, où les attendent carottes, manioc, aubergines amères, navets, patates douces et gombos. En toute modestie, il peut affirmer exceller dans la préparation du tiep bou dien national. Au pays, il a longtemps rempli la fonction de bëkk-néeg, le gestionnaire du daara, la maison des Baye Fall, homme de confiance du marabout. Comme la plupart des bëkk-néeg, ses camarades le taquinaient, le traitaient de bëgg-lekk, gourmand, glouton, vu son accès privilégié à la nourriture du groupe. Il était, entre autres tâches d'homme à tout faire, chargé d'approvisionner les Yaye Fall, les femmes du daara, en riz, légumes et poisson. Il les a longuement observées préparer le plat en faisant les mêmes gestes que sa mère dans son enfance. Il a lui-même fait ses armes culinaires avec ses amis célibataires, Baye Fall et Bay *faux*, aux abords des plages de Gorée. Il a bien essayé d'initier Julie aux pratiques gastronomiques sénégalaises, mais ce fut un échec cuisant. Manque d'intérêt, d'envie ? Pourtant, après leur rencontre, elle s'est prise de passion pour sa culture, tiep bou dien et autres spécialités inclus. Encore aujourd'hui, elle ne rechigne pas à les déguster. Mais elle n'est décidément pas un cordon-bleu. Dans le séjour de leur deux-pièces, elle planche sur une présentation du développement durable de la filière agricole en Équateur. L'association dont elle est chargée de mission organise son événement phare de l'année la semaine prochaine. Concentration absolue requise. D'où l'obligation pour Issa d'écouter ses chants Baye Fall dans son casque, comme au boulot, en prenant garde de ne pas trancher le cordon. Un petit bémol dans le rituel qu'il a mis en place un samedi sur deux quand il est de repos. L'autre option ? Rejoindre ses condisciples pour la réunion organisée chez l'un d'entre eux en Normandie. En restant pour préparer ce plat qu'il maîtrise, il pensait lui faire plaisir. Mais il aurait peut-être dû partir seul, rejoindre ses Moroom, ses camarades.

Il ne s'attendait pas à ce que cette jeune et jolie diplômée d'Agro s'intéresse à lui. Une association de tourisme solidaire l'avait missionnée pour apporter un ordinateur portable à Issa. Son premier ordinateur, à l'âge de vingt-huit ans, promis en échange de la coordination d'une opération de nettoyage de la commune de Podor.

Julie s'était *vraiment* intéressée à lui, bien au-delà d'une simple aventure de vacances. Contrairement à de nombreux camarades, il n'a jamais été un chasseur de visa, prêt à se donner à une femme pas à son goût, dans l'espoir d'obtenir le sésame tant convoité. Coup de reins contre coup de tampon, pas son truc. Il n'a jamais été plus dragueur que ça de toute façon, persuadé qu'en suivant son chemin, les opportunités, comme les femmes, ou plutôt *la femme,* viendraient à lui. Habitué à se contenter de peu, à vivre en collectivité, il n'aspirait pas au départ. Ils ont longtemps échangé avec Julie, sur leur intérêt partagé pour l'environnement entre autres. Il pensait que ses compatriotes devaient s'en soucier davantage, malgré leurs difficultés à s'en sortir. Elle rêvait, depuis l'adolescence, d'y consacrer sa carrière. Lors de son deuxième séjour au Sénégal, ils ont fait un mariage civil à la mairie de Podor, validé par le consulat. Il l'a rejointe un an plus tard, à Paris. Au bout de quatre ans, grâce à sa demande de naturalisation, il a pu être recruté au service propreté de la ville, un « privilège » normalement réservé aux Français. Le père de Julie, ingénieur civil dans le public, a fait jouer ses contacts. Une fois naturalisé, il pourra passer chef de canton. Avec son niveau bac, même sénégalais, et ses lectures d'autodidacte, il a largement ce qu'il faut pour le concours interne. Il sait que Julie et sa belle-famille apprécieraient qu'il ne soit plus au contact direct des ordures. L'environnement, c'est bien, les mains dans la merde, un peu moins. Lui n'est pas pressé. Ne reconnaît-on pas un vrai Baye Fall au fait qu'il accepte d'endosser les tâches dont les autres ne veulent pas ?

L'huile d'arachide crépite dans la marmite, Issa y dispose une à une les tranches de tilapia qu'il a pris soin de fourrer avec un mélange mixé d'ail, de piment, de poivre, de persil et d'un demi-bouillon-cube. Une fois les tranches dorées retirées, il y ajoute l'oignon émincé et le yët, escargot de mer au goût prononcé qui dégoûte souvent les non-initiés, et Julie. Ce n'est pas pour lui déplaire. Il va se délecter, en gardant pour lui seul le coquillage qu'il ne trouve que trop rarement, toujours congelé, à l'épicerie exotique de Château-Rouge où il fait ses emplettes. Après avoir ajouté du concentré de tomate dilué dans un peu d'eau, qu'il laisse cuire en touillant jusqu'à ce que la couleur vire au rouge foncé, il ajoute trois tomates fraîches mixées et les légumes rincés, le tout recouvert d'eau. C'est reparti pour une demi-heure de cuisson avant d'ajouter le poisson.

C'est le deuxième week-end entre condisciples qu'il rate. Il n'a jamais voulu forcer la main de Julie sur l'aspect religieux. Contrairement à d'autres marabouts, le sien n'exige pas la conversion des conjoints de ses disciples. Ce qui fait de son groupe l'un des plus ouverts parmi les Baye Fall. Julie ne s'est jamais liée d'amitié avec les femmes françaises des camarades d'Issa, devenues, elles, dans leur majorité, des Yaye Fall. Pourtant, elle n'est jamais jugée et toujours accueillie à bras ouverts par ces femmes aux origines sociales très variées, allant de la caissière à la chercheuse en biologie.

Issa retire le poisson après vingt minutes de cuisson, ainsi que la totalité des légumes, puis il ajoute le riz dans la sauce rouge foncé riche des sucs et jus des différents aliments qui y ont mijoté. « Ça va bientôt être prêt ! » dit-il en posant délicatement sa main sur la hanche de Julie, en posture studieuse devant son écran. Son corps se raidit au contact de la main, qu'Issa retire.

– Excuse-moi… ça ira mieux dans quelques jours, c'est la semaine la plus dure de l'année.

Issa a eu, lui aussi, ses moments d'anxiété. Des périodes d'inactivité, parsemées de débrouille illicite, avant de décrocher son emploi. Leur vie de couple avait pâti de sa nervosité à l'époque.

– On a un bon tiep qui nous attend…

Julie affiche le sourire coupable mais attendrissant dont elle a le secret.

– Tu vas pas m'en vouloir ? Je crois que j'ai pas trop faim, je me suis lancée dans la rédaction d'une partie importante de la présentation, ça ne m'arrange pas d'arrêter là, de débarrasser la table… Je crois que je vais manger un yaourt et un fruit.

Tu m'en veux pas ? On mangera le tiep ce soir, dans le grand plat comme tu aimes.

Issa évite tout geste brusque qui trahirait sa frustration. Une odeur carbonisée s'échappe de la cuisine, le riz est en train d'accrocher. Il arrive à temps pour détacher le fond de la casserole avant qu'il ne soit trop tard. Un peu de riz collé au fond ne fait pas de mal, c'est d'ailleurs un mets appelé khogn, apprécié pour son aspect croustillant, caramélisé, qu'on ajoute au plat. Une fois le riz cuit à point, Issa éteint le feu. « Je sors faire un tour, travaille bien. »

# 5

Le fade out de *Marcando la distancia* de Manolito y su Trabuco marque la fin de ce cours du samedi midi, dans le séjour du trois-pièces où Manuela a poussé les meubles. Il y aurait la place pour un couple supplémentaire, mais ça serait limite. Déjà que les voisins se plaignent de la musique et du bruit des pas… En les raccompagnant dans le couloir, Manuela salue chaleureusement ses élèves, un couple de trentenaires, un quadra chauve et timide, deux copines quinquas et Coumba, seule étudiante du groupe, qui accepte le rôle de cavalier dans ce cours à dominante féminine.

Une fois seule dans l'appartement, elle a de nouveau le sentiment de ne pas être chez elle. Elle se sent chez elle en France, mais pas, ou plus, chez Jean-Jacques. Dès qu'elle ferme sa porte à clef, celle de l'appartement d'en face s'ouvre. Bernard Michel, en charentaises, jogging et pull mité sur son gros ventre, y va de son « Bonjour madame. C'est fini la salsa ? » mielleux. De la manière dont il la reluque, elle sait que le respect n'y est pas. Ce n'est pas la première fois qu'elle doit affronter son regard lubrique. Comme il est président du conseil syndical de l'immeuble, Jean-Jacques l'a déjà invité à prendre l'apéro, en espérant gratter un quelconque traitement de faveur. Vu son accoutrement de clochard et les étagères de garage qu'elle entraperçoit chez lui, elle a eu beaucoup de mal à croire qu'il possède trois appartements dans l'immeuble et cinq autres dans le quartier.

– La musique ne vous a pas dérangé j'espère ?

– Oh, tout ce qui est *caliente*, j'apprécie, vous savez.

– …

– Vous avez reçu la convocation à l'AG ? Vous savez si Jean-Jacques viendra ?

– Il ne m'en a pas parlé. Il a beaucoup de boulot avec sa nouvelle boutique. Je sais pas.

– Vous pouvez venir, vous, enfin vous pouvez le représenter… Ou passer prendre un verre, comme ça je vous présente la situation de l'immeuble, le suivi des travaux…

Après un petit sourire crispé en guise de réponse, elle descend les trois étages qui la séparent du rez-de-chaussée. Alors qu'elle passe devant les boîtes aux lettres, elle distingue du courrier dans celle portant l'étiquette Marlant-Mambí. En glissant ses doigts fins dans la fente, elle attrape une lettre siglée de la petite Marianne bleu-blanc-rouge. Après avoir appuyé du coude sur le bouton d'ouverture de la porte, elle la pousse du genou tout en déchirant l'enveloppe. Une fois sur le trottoir de la rue de Ménilmontant, le soleil l'éblouit. En plein milieu du flux dense des passants, visiteurs en balade du samedi et locaux attirés par le bleu du ciel, elle s'immobilise pour déplier la lettre.

> Madame,
>
> Un avis favorable a été donné à votre demande d'acquisition de la nationalité française.
>
> Le ministère des Affaires étrangères et européennes détermine actuellement l'état civil à retenir en vue de l'établissement ultérieur, selon les normes françaises, de vos actes d'état civil. Sauf problèmes particuliers, votre nom sera ensuite inscrit dans un décret publié au *Journal officiel.*

Malgré ce ton alambiqué de l'administration française, qui rend malaisée la distinction entre une bonne et une mauvaise nouvelle, comme pour signifier que rien n'est jamais totalement acquis, elle n'arrive pas à étouffer un cri de joie. Elle lève les bras en l'air, la lettre à la main, et tourne lentement sur elle-même. Tant pis si on la prend pour une folle. Fini les demandes à répétition, le stress de l'attente lors du renouvellement annuel de son titre de séjour. Elle va devoir parler à Jean-Jacques. Elle ne peut plus rester avec lui. Il va falloir qu'elle trouve son propre logement et un autre lieu pour donner ses cours. Les deux en même temps, d'une pierre deux coups, c'est encore mieux. Je suis Française moi, monsieur !

*

Alors, on profite au soleil ?

Installé avec Alioune à une table en plastique blanc du café *Le Soleil*, boulevard de Ménilmontant, Issa découvre ce SMS à l'expéditeur inconnu. Il regarde autour de lui, ne reconnaît personne susceptible d'en être l'auteur. Personne à qui il aurait déjà adressé la parole. À part Saïd, un des patrons jumeaux du café plébiscité pour la terrasse bien exposée qui lui donne son nom. Avec les beaux jours, les deux frères rajoutent des chaises et tables en plastique, étendant ainsi sensiblement l'espace occupé sur le large trottoir. Le café, fréquenté en hiver principalement par des habitués, attire chaque été un peu plus de Parisiens en sortie. Résultat : les toilettes sont toujours aussi sales, l'expresso, toujours aussi jus de chaussette, est passé de deux euros à deux euros trente, le demi de deux euros cinquante à trois euros.

« Alors, ce concert ? » Issa découvre, surgie de nulle part et rayonnante malgré le contre-jour, celle qu'il comprend être à l'origine du SMS. Les larges lunettes noires sixties de Manuela, esthétique mouche, masquant ses yeux légèrement fatigués de l'autre jour, mettent l'accent sur un large sourire, qui le déstabilise.

– Ah ! C'est toi le SMS ?

– Ben oui, c'est moi. Enregistre ! M.A.N.U.E.L.A. Je vous ai vus tranquilles au soleil, je vous dérange pas ?

– Non, pas du tout. Assieds-toi avec nous. Tu… tu connais Alioune ?

– Oui, bien sûr. Le chef des grévistes de l'agence d'intérim. Ce quartier est comme un village, vous ne trouvez pas ?

– Oui. C'est vrai ça. Un grand village, avec beaucoup de passage, mais un village quand même.

Un court silence s'installe, blotti dans le brouhaha des tables qui les entourent. Alioune n'est pas un grand bavard. Il a appris à se méfier de ses répliques souvent jugées décalées, faisant rire ses amis, mais déstabilisantes pour ceux qui le connaissent mal. Issa trouve Manuela étrangement à son aise avec ce moment sans paroles, alors qu'ils sont à peine censés faire connaissance. Il n'y a que lui que ça semble mettre mal à l'aise en fin de compte. Il doit s'extraire de sa gêne, parler du concert.

– Finalement, on va bien jouer à la Villette le 21. Ça devrait être pas mal, il y aura un joueur de tamani, des danseurs et même une chanteuse guinéenne normalement, Aminata Diabaté, très belle voix.

– Et…

– Issa Dieye au djembé solo, Alioune Diop au dundun !

– La colonne vertébrale du rythme, enchaîne Alioune très sérieux, en imitant la gestuelle du boulon tapant sur la cloche de la main gauche et des grands coups de bâton de la main droite, sourcils froncés et yeux fermés. Sourire d'Issa, éclat de rire de Manuela.

Les deux amis félicitent Manuela pour sa naturalisation en cours. Puis ils parlent de tout, sauf de Julie et Jean-Jacques, entre des regards appuyés et d'agréables moments de silence qui ne gênent plus personne.

Manuela semble sincèrement désolée de devoir quitter leur compagnie. Elle a rendez-vous pour visiter un local où elle pourrait donner ses cours. Ce n'est que partie remise.

*

– Hé, mais c'est mon petit gars préféré ça !

Alioune vient de quitter Issa devant *Le Soleil* quand il est bousculé par une tape dans le dos. Son grossiste, Farid, est connu pour avoir la main lourde.

– Je te cherchais en passant devant l'agence d'intérim. T'étais pas bien loin. On a un nouvel arrivage de Hollande. Si tu veux passer prendre ça à la cité, c'est par ballot d'un demi-kilo. Tu dis que tu viens de ma part, mais fais vite, les gars font la queue, ça part tout seul, les bolosses du quartier en raffolent.

– Un demi-kilo… Je vais pas avoir l'argent.
– Je vais leur dire qu'ils te fassent crédit.
– Je vais voir…
– Ben oui gros, je te connais maintenant. Attention, tu te fais pas expulser au bled avant d'avoir remboursé, hein. On te retrouve même en Alaska, nous. Tu payes en temps et en heure, si tu veux pas finir à poil comme le mari de ta copine.
– Ma copine ?
– La métisse que j'ai vu partir. Vous étiez bien avec elle, non, ton pote et toi ? Tu m'avais parlé d'une cliente cubaine, c'est bien elle, non ?
– Elle a des problèmes ?
– Elle non, mais son mari peut-être.

*

Manuela longe les ateliers de marbriers et les agences de pompes funèbres du boulevard de Ménilmontant en face du Père-Lachaise. Peut-être son nouveau quartier, si tout se passe bien. En fait, ça dépend surtout d'elle : Olivier, le propriétaire avec qui elle a rendez-vous, est un ami. Elle s'arrête un instant, captivée par la complexité d'une couronne funéraire exposée en vitrine, entre deux pierres tombales. Le reflet de son visage sur la vitre lui convient. Elle a fini par bien vivre avec sa tache. Si elle avait le choix, elle pense qu'elle la garderait, désormais.

En retournant à Cuba à peine deux mois après son premier séjour, Jean-Jacques lui avait rapporté de Paris un fond de teint spécial peaux métissées, pour la masquer. Ils avaient pris les rendez-vous nécessaires, elle à la mairie, lui au consulat français, pour faire valider le mariage et obtenir un permis de séjour pour sa future épouse. Seul un petit groupe d'amis de Manuela avait assisté à la cérémonie. Sa mère, opposée au mariage, n'était pas de la partie. Cadre du Parti communiste, elle avait veillé à la mort de son mari, quand Manuela avait neuf ans, à ce qu'elle ne manque de rien. En plus des vêtements basiques fabriqués sur place, elle avait pu, adolescente, s'offrir quelques jeans et tee-shirts sérigraphiés issus de conteneurs de vêtements de seconde main.

Les touristes déchargés par un car à deux étages en face de l'entrée principale du cimetière le plus connu au monde parlent un espagnol d'Espagne. Les premiers à descendre, deux gamins aux cheveux longs, des patchs cousus sur leurs vestes en jean, ont déjà distancé les autres. Quelque chose dit à Manuela qu'ils vont filer droit vers la tombe de Jim Morrison.

C'est peu après la mort de son père qu'une petite tache rose était apparue sur le bas de son visage, mais sa mère, convaincue par les médecins qu'il s'agissait d'un vitiligo bénin, n'y avait pas accordé une grande importance. Jusqu'à ses dix-huit ans, Manuela n'avait pas pu profiter de la liberté dont jouissaient la plupart de ses amies. En l'absence du père, Mme Mambí avait tenu à surveiller de près ses fréquentations, allant même jusqu'à la faire suivre par des connaissances au sein de la Securidad del Estado. Majeure, Manuela avait dû à plusieurs reprises affronter sa désapprobation dès qu'elle lui présentait un prétendant. Au fil de ces frustrations, la tache semblait gagner un peu plus de terrain sur sa peau.

Sur le passage piéton du croisement des rues de la Roquette et de la Croix-Faubin, on peut encore distinguer les cinq dalles qui servaient à caler la guillotine de la prison de la Grande Roquette. Elle ne les aurait jamais remarquées si Olivier ne les lui avait pas montrées lors d'une visite du quartier.

La voilà arrivée, avec dix bonnes minutes d'avance, dans la rue du local à visiter. Un passage, plutôt. Il y a si peu de circulation qu'elle peut se tenir au milieu de la chaussée couverte de pavés anciens, polis par l'usure, comme ceux de la cour de son immeuble. La cour de Jean-Jacques, en fait. Et son appartement dans lequel elle est hébergée à titre pas si gracieux que ça.

C'est sans les vœux de sa mère que Manuela avait pris le vol d'Air France, deux semaines après son mariage. Sa découverte de Paris avait vite dissipé la tristesse qu'elle avait ressentie. Il s'agissait de son premier voyage hors de Cuba, et il y avait pire comme ville pour cette première expérience bouleversante. Les Champs-Élysées, le Sacré-Cœur, la tour Eiffel et les grandes avenues éclairées surpassaient ses attentes, ses rêves de petite fille. La simple découverte d'une grande surface et sa profusion de produits manufacturés l'avaient subjuguée. Jean-Jacques l'avait initiée à la gastronomie française, en l'amenant dans les brasseries où il avait ses habitudes de gourmand, et même dans un restaurant étoilé de Montparnasse. Puis elle avait exploré le Paris populaire se mêlant, du Nord à l'Est de la ville, au Paris cosmopolite et branché. Ses compétences en danse associées à son origine cubaine contrôlée, certifiée par son accent, seraient plus que prisées et trouveraient naturellement leur place dans la « Paris latina ». Elle avait rapidement mis en place des cours de danse latine dans le grand séjour de leur trois-pièces. Son épanouissement professionnel est allé de pair avec une stabilisation de son vitiligo, voire une légère repigmentation sur les bords de sa tache. Un dermato lui a expliqué que les facteurs psychologiques n'étaient pas sans lien avec l'évolution de la maladie. Puis elle a été surprise de voir son permis renouvelé au compte-gouttes, année après année. Cette situation lui avait fait réaliser sa dépendance vis-à-vis de Jean-Jacques et de son mariage. Il suffisait que ça capote pour qu'elle se retrouve à découvert, exposée à une expulsion du territoire. Spectre d'un retour à la case départ, alors qu'elle prenait de plus en plus goût à la vie parisienne.

*

– Vas-y, enfoiré, c'est pas du jeu, ça ! proteste Fouad.

– 3-1 et c'est même pas la mi-temps, c'est chaud pour toi, répond Ilyès, moqueur.

Fouad a toujours bien aimé son cousin. Ça fait plusieurs mois qu'il ne l'a pas vu. Même s'il a deux ans de plus, il ne joue pas au grand avec lui. Il le respecte. C'est important, ça. Ses parents, l'oncle et la tante de Fouad sont déjà en vacances au bled avec sa petite sœur. L'occasion de squatter sa PlayStation. FIFA, pizza, shit et coca, *oklm*, *au calme*. Ilyès a mis un sacré bordel dans l'appartement. De longues sessions de ménage sont à prévoir pour fin août, mais pour l'instant tout va bien. Sauf peut-être pour le trou de boulette de shit sur le tissu du salon marocain. Là, il faudra trouver une solution. À peine dix minutes pour se rendre de la cité Piat à la Banane. Il a traversé Ménilmontant, puis il est passé par la petite place au milieu de la cité. Les flics avaient bouché les quatre accès lors de leur descente il y a trois ans de ça. Ils ont serré Sherif, le grand frère d'Ilyès, et sept autres gars. D'après les on-dit, quelqu'un les a balancés. En tout cas, depuis, les jeunes des deux cités sont en embrouille. Son grand frère Farid ne veut plus qu'il mette les pieds à la Banane. Doom's non plus, d'ailleurs. Mais Fouad n'est pas leur chien, rien ne les sépare avec Ilyès. D'ailleurs, ils n'ont pas échangé un mot sur cette histoire.

– 4-1 ! Monsieur Didier Drogba !

– Putain, comment il est vénère Drogba, il va deux fois plus vite que mes attaquants, tu le fais tourner à quoi ? Il est sous coke ou quoi ! ?

Ilyès ne réagit pas. Il savoure simplement sa victoire annoncée avec un petit sourire en coin. Fin de partie. Il se retourne vers son cousin.

– Je peux t'en avoir, tu sais, de la coke.

– Je touche pas à ça, moi.

– Mais t'es teubé ou quoi, j'te parle d'la bicrave là, pas pour toi.

– M'en parle même pas. Ils me tuent direct les grands de chez moi.

Sur le chemin du retour, Fouad repense à son cousin. Il n'aurait pas dû laisser filer tout ce temps sans le voir. *Pense bien à ce que j't'ai dit, il y a du fric à se faire. Tu fais ça scredi. Les mecs sont au taquet l'été, ça part comme des petits pains, tac tac.* Non, c'est pas une bonne idée.

*

Issa vient de faire demi-tour. Il rentrait chez lui dans le 20e sans se presser, en pensant à Manuela. Puis à Julie, qui cette fois-ci acceptera peut-être de partager le repas avec lui. Mais Manuela a appelé. Directement, sans passer par le texto. L'ami d'un ami lui a fait visiter un local, un chorégraphe. Il lui a laissé la clef et la soirée pour ressentir l'espace, comme il a dit.

En redescendant la côte qu'il s'était mis à gravir, il se sent grisé, fébrile. Et il lutte en même temps contre cette sensation. Il ne lui a pas parlé de Julie pour l'instant. En même temps, elle ne lui a rien demandé. Elle ne lui a pas non plus parlé de son mari. Il tente de se convaincre qu'elle a simplement besoin d'un avis extérieur.

En suivant les indications de Manuela, il atterrit dans un passage pavé donnant sur la rue Léon-Frot, près de la place Voltaire. Perdue dans un dédale de sens interdits, la rue est désertée par les voitures. Des gamins y ont posé un blouson et un skateboard en guise de poteaux pour taper un foot. Issa intercepte le ballon qui se dirige sur lui et le renvoie après quelques jongles bien sentis. Deux ou trois lofts, anciens entrepôts ou manufactures, sont là pour rappeler le passé ouvrier du quartier. Parmi les autres immeubles, certains rez-de-chaussée abritent des boutiques d'artisans fermées, conservées dans leur jus avec leurs enseignes écaillées. Au 46, l'enseigne indique « Fréret frères, Entreprise de Plomberie ». Issa toque sur la vitrine de la boutique obstruée par des journaux.

Manuela a eu le temps de se changer. Sa robe noire semble simplement tenir sur ses seins. Des bretelles de soutien-gorge transparentes remontent le long de ses épaules fines et musclées à quelques centimètres de ses créoles en or. Elle est surprise qu'il soit déjà là. Il n'était pas loin, le chemin était en pente, pas son genre de traîner exprès pour se faire désirer.

La pièce principale est relativement vaste, trente-cinq mètres carrés au bas mot. Issa visualise déjà le comptoir en bois, intact, transformé en bar, avec sur le mur, derrière, des étagères de bouteilles de rhum arrangé dans lesquelles macèrent des fruits exotiques. Non seulement Manuela y a déjà pensé, mais elle est allée beaucoup plus loin dans la projection : d'après ce qu'on lui a dit, pas besoin d'une licence IV pour quelques soirées mojito, savamment dosées, histoire de soutenir son association de danse. Elle imagine déjà la scène de danse, en peinture acrylique, dans le style naïf cher à son ami. Le parquet de la salle principale tient la route. On faisait du costaud dans le temps. Un coup de ponçage et de vernissage, et il y aura juste ce qu'il faut de patine et d'aspérités sur la piste de danse.

Le proprio chorégraphe veut l'aider. Il ne demande pas de caution, juste un loyer de huit cents euros. Issa se méfie des bienfaiteurs.

– Tu es une femme séduisante, il a peut-être autre chose derrière la...

– Non, s'amuse Manuela, ne t'inquiète pas pour ça. Les femmes, c'est pas son truc. Je crois vraiment que ça lui ferait plaisir que ça danse dans son local.

– Et tu peux habiter là ?

– Suis-moi.

La porte du fond de la salle s'ouvre sur une pièce d'une dizaine de mètres, vide, excepté un vieux clic-clac, contre le mur, couvert d'un tissu imprimé. Une deuxième porte donne sur une mini-salle d'eau, en enfilade. Toilette, douche, lavabo. Spartiate, mais saine. Issa lève les yeux vers une petite fenêtre en hauteur qui laisse entrer la lumière du jour. Elle sera bien ici, se dit-il en se postant devant le clic-clac. Manuela se rapproche d'Issa, le fixe dans les yeux.

– Alors, t'en penses quoi ? Qu'est-ce que je fais ?

– Fonce, n'hésite pas ! Ça le fait, quoi…

Avant de réaliser ce qui lui arrive, Issa se retrouve projeté en arrière sur le clic-clac. La robe noire est à même le sol. La stimulation de tous ses sens laisse peu de place aux cas de conscience. Résister ? À quoi bon.

# 6

« Plus de samouraï steuplait, vas-y, mets, mets, encore, encore, vas-y. Voiiilà. Et les frites !? Tu m'as mis que dalle, vas-y, mets de la frite, frère. Voilà. » Modibo détourne le regard. Il a vraiment du mal avec les gars qui jouent toutes leurs billes en commandant leur grec. Fouad fait partie de cette catégorie qui pense se faire avoir avec la portion standard. Et mets-moi de ci, et mets-moi de ça. Heureusement que le gars est en face d'eux, sinon c'était mollard garanti dans le sandwich. La sauce spéciale du chef. Le chauve à grosse barbe balance sèchement les plateaux. Vous vous servez pour les boissons.

Ils s'installent côte à côte pour jeter un œil au match de foot sur l'écran plat. Modibo n'arrive vraiment pas à comprendre comment Fouad peut être pour le Danemark face au Cameroun.

– Champions d'Europe, le Danemark, 1992.

– Le Danemark, champion d'Europe ? N'importe quoi.

Fouad s'empresse d'attraper son smartphone pour lui clouer le bec en cherchant l'info sur Internet. En le ressortant de sa poche de survêt, il fait tomber un enchevêtrement de feuilles à rouler et un bout de cigarette déchirée… L'un des gérants, à la barbe anémique celui-là, en train de débarrasser la table d'à côté, l'interpelle.

– C'est quoi, ça… On veut pas de ça ici gamin.

– C'est bon, c'est bon, c'est juste du papier…

– Juste du papier ? Tu te fous de ma gueule ou quoi ?

– Vas-y soûle-moi pas. On est pas chez les talibans ici !

– OK, c'est comme ça ? Tu dégages, toi et ton pote le Karlouche.

– On finit nos…

– Vous finissez rien du tout, vous dégagez tout de suite ou je vous mets dehors.

Fallait pas plus le chercher. Après avoir emballé succinctement leurs sandwichs avec les feuilles de papier des plateaux, repli tactique chez Modibo.

Ils ne se sont rien dit jusqu'au parc de Belleville qu'ils doivent traverser pour remonter à la cité. Fouad bouillonne.

– T'as vu c't'enf…

– Arrête, arrête steuplait. Déjà t'as réussi à nous faire remarquer dès le départ, et que je veux plus de sauce, et que je donne du vas-y par-là, du frère par-ci. Frère ?! Le gars il peut être ton daron !

– Attends, ils nous tèjent comme ça pour un bout de papier. Karlouche, il dit l'autre ! Moi, ce que je sais, c'est que quand on va dire ça à Dooms, il va leur…

– On va rien dire du tout ! T'as rien compris, toi. On raconte ça à Doom's, ça va être deux tartes dans nos gueules. Ce qu'il veut, Doom's, c'est que ça débite et qu'on reste discrets, qu'on se fasse pas remarquer. Pas de vagues, il dit tout le temps, c'est la règle numéro un. Et là, on lui ramène une embrouille de kebab à deux balles ? En plus, les bubar de la sandwicherie, ils ont des cousins chez nous à Piat. Doom's, il doit les connaître.

M. Sidibé, le père de Modibo, roupille sur le canapé du séjour, terrassé par David Pujadas. Il est exténué en cette fin d'année scolaire passée à écumer les collèges de banlieue pour remplacer des profs de maths en arrêt déprime.

La chambre est sommaire. L'inscription « Belleville Zoo », calligraphiée à la bombe sur le mur, fait office de déco. Pas besoin d'en faire des tonnes, le panorama de Paris à travers la baie vitrée du 11e se suffit à lui-même. Le bureau d'enfant de Modibo fait face à des lits superposés. Celui du bas a été transformé en canapé à l'aide de quelques coussins, Fouad s'y avachit. Modibo s'installe devant son MacBook pro neuf. L'arrière-goût de leurs chicken chikas refroidis confirme la médiocrité de la « sandwicherie ». Après quelques bouchées, ils sont bons pour la poubelle. Ils auraient dû aller chez Mehmet, le turc de la rue de Ménilmontant, une valeur sûre.

Le compte Soundcloud de Modibo affiche bientôt trente mille followers pour ses productions. Son coup de maître, avoir placé, par l'intermédiaire de Doom's, un son sur l'album de Mister You. Ce rappeur plus connu pour ses apparitions pendant sa cavale que pour la subtilité de sa plume. Il avait sauté du premier étage quand les flics étaient venus le chercher à l'aube chez ses parents. Pour les narguer sur YouTube deux jours après. Ils ont fini par l'arrêter au bout de quelques mois. Ça n'a fait qu'amplifier le buzz, une vraie star des réseaux sociaux, le Mister You. Ce qui ne l'a pas empêché d'être tricard dans le quartier, après avoir enfreint en beauté la règle du « pas de vagues » sans faire profiter le quartier de son succès.

Fouad s'enquiert du suivi des deux morceaux signés DJ Mo D feat. Foo-Ad, ceux sur lesquels il est au micro. « T'es toujours dans les deux mille clics, mais pas grand-chose de plus. Continue à taffer tes rimes et ça viendra, poto. »

Modibo accepte encore pour l'instant de faire poser son ami sur ses productions. Après tout, ils ont fait leurs premiers pas ensemble au sein du crew du quartier, le Belleville Zoo. Mais, alors qu'il a un flow saccadé, technique à souhait, qu'il peut être drôle, souvent malgré lui, il reste enfermé dans ses délires racailleux, qui ne renouvellent pas le genre. Modibo vise la qualité, pour faire sortir ses sons du quartier. Il est déjà en plein Paris, et avec le soutien de Doom's, le buzz sur Internet, il ne manque qu'un déclic pour que les portes s'ouvrent les unes après les autres. Grâce au business dans lequel il est entré depuis deux ans, en même temps que Fouad, d'abord en tant que choufe, il a pu s'acheter le Mac et un premier sampler. En même temps, il ne lâche pas l'école. Être ingénieur du son, ça le ferait grave. Tant qu'il ramène des bulletins corrects, son père le laisse traîner dehors et se coucher tard pour travailler la musique ou ses devoirs, au choix. Ses activités musicales et les galons qu'il gagne progressivement dans la rue lui ont permis, malgré ses bonnes performances scolaires, de ne pas être classé parmi les bouffons du lycée. Bien au contraire.

« Fais tourner un de tes nouveaux sons, qu'on voie si t'as toujours la patte », demande Fouad. Il sait qu'il a la chance d'être l'acolyte du futur producteur en vue. Ça se sent ces choses-là. Il sait qu'il aura vite fait de l'oublier si le succès se présente. C'est souvent comme ça que ça se passe. Modibo aura son bac, il fera des études. Lui pas. Il fait partie des décrocheurs, comme ils appellent ça. Il y en a qui décrochent de l'héro, ou du crack, lui, c'est des cours qu'il a décro. Les choses ont bien changé en quelques années. Quand il a commencé à traîner avec Modibo, son père et son frère étaient encore là et les problèmes d'argent bien loin. Au collège, il a fait découvrir les disques de funk de son grand frère au petit renoi chétif et mal sapé que les autres appelaient encore Bill Gates. Ironiquement, à cause de la pauvreté de sa famille. « L'homme le plus riche du monde » portait des survêts sans marque, trop petits pour sa taille, et n'avait pas un rond pour s'acheter des chips ou un sandwich, la rchouma. Puis Monsieur Sidibé s'est mis à faire le prof remplaçant, il a remboursé ses dettes et redressé la barre. La routourne tourne comme dit Ribéry. Depuis qu'en plus Doom's le fait croquer, tout va bien pour lui. Comme c'est son petit protégé, il ne lui fait pas prendre trop de risques. Ce qui énerve Fouad, c'est que Modibo commence à lui donner des leçons, à vouloir lui apprendre la vie. Il ne veut pas se montrer aigri. La routourne tourne.

– Celui-là, il déchire, le sample est énorme, c'est quoi ?

– Ça vient d'une cassette de Bollywood, les trucs indiens de ma cousine, tu kiffes ?

– Si si, laisse tourner je vais kicker un truc dessus… Déter sur le ter-ter/les condés peuvent pas piffer ma face de Berbère…

Sans frapper, Monsieur Sidibé pénètre, somnolent, dans la chambre. « Qu'est-ce qu'elle a ta face de berbère ? Tu devrais la ramener à la maison, c'est trop tard pour le rap, là, Modibo doit travailler ses devoirs. »

*

– Qu'est-ce que tu fais là ?
– T'es marrant, toi, je te renvoie la question…
Franck et Issa sourient, mi-amusés mi-étonnés par la situation. Ils sont tombés l'un sur l'autre, nus, serviette à la taille, dans les vestiaires de l'atelier rue des Pyrénées. Issa sortait des douches quand Franck s'y dirigeait. Dans la même équipe, ils savent que ni l'un ni l'autre ne travaillaient les heures précédentes.

Franck a confié ses deux filles à une cousine. Il a passé l'après-midi au *Bar des Amis* avec l'intention de se rendre à la soirée électro du Rex. Pas le temps ni l'énergie de faire l'aller-retour chez lui en grande banlieue. Il garde toujours de quoi se changer dans son casier, le numéro 272, qui lui a valu son surnom de GG. GG comme Guy Georges, illustre serial killer et ancien éboueur, occupant dudit casier.

Issa justifie sa présence en prétextant une histoire foireuse de chaudière en panne. « C'est la troisième fois que ça arrive cette année, une vraie galère. Le propriétaire va m'entendre. » Franck lui jette un regard peu convaincu. La plupart des gars qu'il tient en estime sont de très mauvais menteurs. Issa ne déroge pas à la règle et ça n'est pas son problème après tout.

À peine sorti de l'atelier, Issa découvre trois notifications d'appels en absence de Julie. Fraîchement douché, il est déjà en sueur. Nouvel appel de Julie, qu'il ne prend pas, faute d'alibi.

Arrivé rue des Cascades, il dépasse son immeuble, poussant jusqu'à la place Henri-Krasucki. Trouver une bonne excuse. Deux cinquantenaires, aux dégaines bohèmes de jazzmen, font tinter leurs demis sur la terrasse étriquée du *Bistrot littéraire Les Cascades*. Il a pris un verre avec Alioune, n'a pas vu le temps passer. C'est pas complètement faux, avec un peu de chance ça passera tout seul. L'omission est toujours plus simple à manier que le pur mensonge.

Julie et un chevelu-barbu qu'Issa ne remet pas se sont copieusement attaqués à *son* tiep bou dien, étalé sur un grand plat circulaire à même la table basse. Pourtant, Julie a décidé, au bout de quelques années de vie commune, qu'elle ne voulait plus qu'ils mangent dans le même plat, vu que même dans les restaurants africains du quartier le service se fait dans des assiettes individuelles, avec des couverts, comme il se doit.

« Je t'ai appelé pour te prévenir qu'on avait un invité. Tu connais Xavier ? On était ensemble au lycée. Il va jouer au concert de clôture de la quinzaine que j'organise. Je t'en ai parlé. » Ça ne lui dit rien. Xavier, au contraire, prétend le reconnaître, l'avoir croisé dans le quartier. « T'es Djembefola, c'est bien ça ? » Il dit accompagner régulièrement des groupes africains à la guitare, au ukulélé ou au cajon. « Tu manges avec nous ? » Le gars l'invite, chez lui, à partager le repas qu'il a lui-même préparé. Décidément, il est fort. Il essaye de créer du lien à l'aide de quelques poncifs confraternels sur la vie d'artiste, l'universalité de la musique qu'il a pu constater durant ses pérégrinations au Burkina ou en Bolivie. Pour financer ses voyages, il retape des studios vétustes, achetés à bas prix avec un copain-associé. Son ami et lui les louent au départ à des étrangers, puis les refont à neuf avant de les vendre au prix fort. Ils savent ce qui plaît aux nouveaux acquéreurs : optimiser l'espace tout en utilisant des matériaux bruts ou de récupération, le tout dans un style mêlant industriel et vintage. Les vieux volets décapés deviennent des portes de placard, le toit de la salle d'eau une mezzanine, un ancien établi d'atelier un plan de travail et cent cinquante mille euros, trois cent mille au bout de quelques années. Mais attention, il n'est pas rentier, il a commencé par un simple petit studio hérité de son grand-père. Et toi ?

– Moi, je suis éboueur-balayeur à la Ville de Paris.

– Ah… ben y'a pas de sot métier hein.

Combien de fois l'a-t-il entendue, celle-là ? Non, y'a pas de sot métier en effet, et le sien lui convient parfaitement. Pas besoin de lui sortir le couplet sur l'utilité publique de son boulot, sur l'environnement urbain. Les bonnes causes, le Xavier, il les défend sûrement aux quatre coins du monde, ukulélé à la main ; tout en surfant sur la vague de gentrification qui pousse les plus démunis hors du périph.

Pas question pour autant de se montrer désagréable avec l'invité de Julie, donc le sien. Un Baye Fall ne rigole pas avec le principe de la teranga, l'hospitalité sénégalaise. Issa observe Xavier en train de rejouer les années lycée avec Julie. Leur complicité le met mal à l'aise. Il n'est pas vraiment jaloux, plutôt perplexe. Pourquoi n'a-t-elle jamais évoqué cet ami, contrairement à ce qu'elle dit ? Un musicien, qui plus est. Et d'où Xavier le reconnaît-il ? Peut-être n'a-t-il pas toujours eu les cheveux longs. Issa n'a pas pour habitude d'oublier un visage. Issa propose en guise de digestif une combinaison pétard-rhum-gingembre, que Xavier accepte volontiers avant de reprendre les souvenirs de jeunesse qui sortent Issa de la conversation. Quand Issa décide de prendre congé des copains d'avant, ils ne lui font même pas la politesse d'interrompre leur conversation.

Alors qu'il parcourt la toile sur son portable avant de trouver le sommeil, la vibration le surprend. « Quand est-ce qu'on remet ça ? » écrit Manuela. Issa entend un éclat de rire de Julie dans le salon. « Concert pour la Fête de la musique », répond-il. Une réponse minimale, mais tout de même positive, se dit-il avec un peu d'appréhension, avant d'effacer les deux messages.

Quand Julie le rejoint au lit, Issa dort déjà. Il est face à un bar en bois ressemblant en tout point à celui du local visité plus tôt avec Manuela, une couche de vernis en plus. La pièce est beaucoup plus grande. Ses nattes sont attachées, plaquées sur son crâne et un improbable nœud papillon, qui le serre à la gorge, complète un non moins improbable smoking. Il ne reconnaît pas immédiatement l'instrument qu'il est en train de frapper. Sous ses doigts et le haut de ses paumes, il ne retrouve pas la sensation familière de la peau de chèvre tendue du djembé, mais deux peaux synthétiques de congas qui émettent un tumbao cubain vigoureux. Au milieu des nombreux couples de danseurs, un salsero de haut vol, dont la fine moustache souligne la lèvre supérieure, fait tournoyer Manuela et les volants de sa robe. Assis côte à côte à la première table devant la piste, Xavier et Julie trinquent au champagne.

*

L'orage a duré une grande partie de la nuit et le zinc est glissant sous les savates en plastique jaune d'Alioune. Le moindre faux pas peut l'entraîner dans un dérapage suivi d'une chute de vingt-cinq mètres. Mais il n'y pense pas. Enfant, il était le plus adroit sur les manguiers pour cueillir les fruits mûrs, parce qu'il n'avait pas le vertige. Il a maintenant franchi le passage pentu entre la trappe de désenfumage, donnant accès au toit, et une surface plane entre deux cheminées. Il est fier de sa mini-serre. Personne ne peut la voir, hormis d'éventuels couvreurs-zingueurs. Il s'est renseigné :

la réfection du toit n'est pas prévue avant cinq ans. Il a confectionné l'ossature en tasseaux de pin récupérés au fil du temps dans la rue et sur les chantiers, puis l'a couverte de film de serre deux cents microns anti-UV haute thermicité. Le tout solidement arrimé aux deux cheminées par des câbles d'acier. Il y a progressivement acheminé plus de trente kilos de terreau, tassé dans des cagettes positionnées côte à côte sur plus de deux mètres carrés. Il ouvre un des pans latéraux, articulé grâce à des gonds récupérés sur un vieux placard Ikea, et inspecte son petit potager. Le thiakhat (*Leptadenia Hastata*) se porte bien. Il assure la renommée ou l'ouverture aux autres quand on est en exil. Seule, en plus d'être comestible et aphrodisiaque, la plante médicinale permet de lutter contre le diabète, de réduire les inflammations et de guérir les plaies. Alioune a même été jusqu'à inscrire le nom scientifique des plantes sur de petites étiquettes plastifiées.

– Alioune ! Qu'est-ce que tu fous ? Tu vas te casser la gueule !

La tête d'Issa dépasse de la trappe de désenfumage.

– T'inquiète, je gère, walay, j'te jure. Attends-moi en bas.

Issa traverse le couloir du sixième et dernier étage de l'immeuble d'Alioune. Avec ses colocs, Cheikh et Oumar, ils occupent trois chambres de bonne, réunies en un seul petit deux-pièces ; chiottes et douche sur le palier. Leurs seules voisines à l'étage sont deux Biélorusses qui partagent un vrai deux-pièces tout confort. Au vu du nombre d'hommes qui défilent, les Sénégalais ont vite compris qu'elles font le tapin.

Oumar, qui a indiqué plus tôt à Issa le perchoir d'Alioune, est toujours affalé comme un pacha devant Castres-Bayonne, les pieds sur la table basse. Comptant parmi les pionniers du rugby au Sénégal et remarqué pour sa force physique peu commune, il avait signé au Biarritz Olympique. Une vilaine rupture des ligaments croisés a mis fin à sa carrière professionnelle au bout de trois ans. Le ventre qu'il s'est laissé pousser depuis alourdit encore un peu sa carrure de trois-quarts-centre.

Issa le sort du match en pleine contre-attaque de Bayonne.

– Ça fait longtemps qu'il fait ses… acrobaties, là, sur le toit ?

– Mmh… Quatre, cinq mois je dirais… C'est un malade… Un jardin sur le toit… Au début, on croyait que c'était une blague, mais quand on l'a vu monter tout ce matériel… Au moins, pendant qu'il est là-haut, il nous casse pas les oreilles avec ses chants, ses incantations, là.

– Incantations ?

– Parfois il se met à l'écart, récite des choses à voix basse… Comme s'il parlait tout seul…

Cheikh sort de la cuisine, avec une théière fumante et trois petits verres, des lunettes fines sur le nez.

– C'est ses manières de féticheur là ! Il faisait déjà ça avant d'être Baye Fall.

– Sëriñ Aziz est au courant de tout ça ?

– Non, je pense pas qu'il approuve. Les plantes oui, mais ces numéros de magicien là ? Bon si… si ça l'amuse, pourquoi pas ? Mais moi j'y touche pas. En tout cas, on dirait que ça marche ! Il a tout un rituel pour trouver du boulot. Le problème, c'est qu'il trouve des boulots de merde à chaque fois.

Les trois s'esclaffent.

Oumar enlève ses pieds de la table basse pour atteindre son verre de thé.

– Dommage qu'il n'ait pas une plante, et la petite chanson qui va avec, pour avoir les papiers.

Issa essaye d'imaginer les effets d'une telle médication.

– Celle-là, elle vaudrait de l'or.

Alioune franchit le seuil de la porte, un sac en plastique à la main, au fond duquel se battent quelques feuilles verdâtres.

À la vue de la faible récolte, Oumar est d'humeur taquine :

– Ah ! Voilà le grand jardinier !

Alioune montre à Issa le contenu du sac.

– Tu m'avais pas dit ça, que tu jardinais sur le toit. Eeh Alioune, t'es trop fort. Jamais à court de surprises avec toi.

– Les feuilles là… tu frottes ça sur les mains, longtemps, longtemps, après, quand tu tapes le djembé, ça sonne bien, trop bien même.

– Moi j'ai mon beurre de karité, ça me suffit. Allez, tu stockes ta récolte, là, et tu prends ton dundun, on file.

*

Les Parisiens sont dans la rue pour la kermesse initiée par Jack Lang. C'est pour toi ô peuple, c'est cadeau. Autour du métro Ménilmontant, des guitares s'accordent, des enceintes balancent déjà la sauce. Les sons hétéroclites qui se dégagent des nombreux attroupements se mélangent dans l'air en un brouhaha bigarré, boostés par les façades d'immeubles en arc de cercle. Une équipe technique s'active sur un camion-scène, affublé d'une bâche « BOSS Sound System », juste en face de la bouche de métro. Des techniciens règlent le son « 1,2, 1,2, test. ». 19 h 05. Issa, encore engourdi par sa sieste d'après-boulot, porte au dos son djembé dans une housse en Nylon noir, colorée par deux lanières vert jaune rouge. Il salue Denis qui se tient sur la scène avec ses complices en son, Louis, clavier et flûte, et le grand Dimitri, basse et guitare rythmique. Le set commence par des larsens qui motivent quelques potes présents à envoyer leur « wouhouou » et font grimacer les premiers curieux, puis un riff garage rock, plein d'effets dus aux pédales, s'envole de la Fender entrée de gamme de Denis. Issa n'en connaît pas les codes, mais bouge la tête sur ce gros son qui tache, comme la majorité du public de badauds.

Julie, épuisée par sa grosse semaine, est restée à la maison avec quelques amies. Il n'a pas insisté pour qu'elle l'accompagne. 19 h 20. Manuela n'est pas encore là. Il lui envoie un SMS au cas où elle ne le verrait pas dans la foule de plus en plus nombreuse.

Concert rock devant KFC.

La voix grave et profonde de Denis, Dionysis, comme l'ont appelé ses parents, entonne son titre « Fu Manchu », du nom du personnage maléfique inventé par Sax Rohmer. *« Don't fool with Fu Manchu. Don't full with Fu Manchu/Cause if you do, he's gonna make a fool out of you. »* À ses pieds un mélange de Ricard dans une grande bouteille d'eau. Denis préfère l'ouzo, mais ses parents ne lui en ramènent qu'une ou deux fois par an de Grèce, où ils passent la moitié de l'année. Ses doigts se déplacent avec dextérité sur les cordes. Il a commencé au chant, à l'époque des radios libres, de 83 à 87, avec son groupe de copains de Radio Mouvance. Il s'est mis à la gratte quand le guitariste est parti avec une Américaine. Il ne l'a plus lâchée depuis. Son coup d'éclat, quart d'heure de gloire warholien, la première partie des Ramones en 92. 19 h 35. Manuela devrait être là. Issa l'appelle. Messagerie Salsa. Il ne laisse pas de message, le SMS devrait suffire. Après une énième gorgée de Ricard, changement d'ambiance, les riffs laissent place à une succession de notes bien distinctes, sans accords, mélodie orientalisante de rebetiko, le blues d'Asie Mineure, sublimée, électrifiée par la réverbe. Plus d'anglais, mais une langue qu'Issa ne comprend pas : « *Ta paidia tis gitonias sou me pirazouné/Vre bekri vre alaniari me fonazouné.* » Le public apprécie, curieux et envoûté. Scotché. 20 h 05. Toujours pas de Manuela. Et Alioune, qu'est-ce qu'il fout ? Alors qu'Issa sort son téléphone pour l'appeler, il déboule à l'angle, son dundun arrimé sur un petit diable. « Diadieuf, Nangadef ? Elle est pas là Manuela ? » Non. Issa l'appelle une deuxième fois. Pas de réponse. « Il faut qu'on y aille, les autres vont nous attendre. » Alors que les deux amis passent devant le camion-scène pour s'engouffrer dans le métro, une foule compacte lève les mains en rythme devant un DJ set ragga-hip-hop, animé par des cris gutturaux : « Scandaaale ! »

Dionysis renverse puis relève sa bouteille presque vide. Il actionne ses pédales tout en titubant. Plus de paroles, des larsens grinçants, des sons décousus et expérimentaux. Les spectateurs commencent à se disperser. Louis et Dimitri, eux, sont à fond. À ce moment, déboulés du haut Belleville, trois gamins de dix-douze ans profitent de la posture de Denis, le pied sur les pédales et la tête dans les nuages de larsens anisés, pour s'emparer de son micro sur pied. Ils scandent un simili-rap à l'arrache, hilares.

# 7

Issa lutte. Il a d'abord tenté de dormir une petite heure. En vain. Puis il a sorti le café Touba. Quand il a un coup de mou, les idées qui gâchent la fête, le mélange d'arabica et de poivre de Guinée le ramène au marché de Sandaga devant le chariot du vendeur ambulant qui avait toujours un petit mot, une boutade amicale taillée sur mesure pour chacun de ses clients. Il remplissait leurs gobelets d'un geste souple et sûr, répété tous les jours. C'est de ce breuvage épicé qu'il tire le tonus indispensable pour tenter de faire bonne figure à la réunion matinale animée par Pinel. Issa se demande ce qui l'indispose le plus : le ton ampoulé que ce collègue se sent obligé d'employer depuis qu'il a été promu chef de secteur à la faveur d'un remplacement, ou la barre qui comprime ses méninges contre sa boîte crânienne. La faute au rhum bas de gamme qu'il a ingurgité avec du jus de gingembre tout au long de la nuit, en alternance avec des joints de skunk au trop fort taux de THC.

Il préfère se concentrer sur le tiraillement qu'il ressent sur les doigts et le haut des paumes ; signe que ses solos déchaînés de la veille y ont renforcé la couche de corne.

« C'est un des moments forts de l'année », « mobilisation », « jouer collectif », « règles élémentaires de sécurité », « renforts », « Je compte sur vous », sont les fragments qui lui parviennent de ce qui devait être un simple brief technique et que Pinel a transformé en un discours ridicule, à la croisée du speech managérial et de la profession de foi. « À vous de jouer », conclut l'orateur, qui, en lieu et place des applaudissements attendus, fait face à une rotation collective et blasée de talons.

Alors qu'ils se dirigent vers leurs roule-sacs, Franck lève les yeux au ciel et souffle un grand coup. Il trouve que Pinel a la grosse tête depuis qu'il se prend pour un cadre. Pas titularisé, il va déchanter en enfilant à nouveau l'uniforme vert au retour du chef de secteur qu'il remplace. « Il a rien compris… Faudrait que quelqu'un lui dise. Attends un peu qu'il revienne parmi nous… »

Issa se marre et enfile ses gants neufs. C'est Franck qui lui a montré l'astuce : il suffit de mettre un coup de cutter sur l'ancienne paire et d'aller rue Lobau, à la Direction de la Propreté, pour les faire remplacer. Le nouveau modèle est plus ergonomique, à la fois plus rigide, pour éviter les coupures et les piqûres de seringues des toxicos, et plus souple au niveau des articulations.

Franck pousse un long sifflement devant la marée d'immondices, annoncée par quelques verres en plastique et autres détritus qui pointent leur nez bien avant le boulevard de Ménilmontant, où leur tournée commence. « Putain, ça va encore être Beyrouth ! » Pourtant, cette année, ils ont reçu des renforts : leur collègue Wilfrid au balai, deux gars à la souffleuse, deux aspiratrices et une laveuse. De quoi voir venir, même s'il faut au moins ça quand on se tape la tournée du lendemain de la Fête de la musique.

La descente vers le boulevard se poursuit dans une relative allégresse, nourrie par des saluts d'encouragement des commerçants en train d'ouvrir boutique. Wilfrid se voit même offrir un ballon de rouge au *Métivier*, où il a ses habitudes. À cinquante-cinq ans, malgré ses « vingt-cinq ans de ville », il n'est pas pressé de prendre sa retraite. Pour lui, travail ne va pas sans pinard, humour paillard et camaraderie virile.

Le travail commence sereinement : contrairement au 22 juin de l'année dernière, peu après les débuts d'Issa dans le métier, les moyens alloués leur permettent d'avoir une charge de travail à peine supérieure à la normale. Les deux collègues à la souffleuse mènent la danse, en éclaireurs de ce petit bataillon de la propreté. Leurs rafales rameutent les papiers et les mégots égarés, dispersés sur le trottoir, dans le chemin de l'Applied 414, qui, gloutonne, utilise ses brosses rotatives comme des bras pour rabattre les déchets vers sa gueule prête à les dévorer. Sa petite sœur, l'Applied 442, plus menue, se faufile dans la piste cyclable, dont les rebords contiennent la souillure. Wilfrid, Franck et Issa n'ont plus qu'à fignoler au balai. Ils en auraient presque moins de boulot qu'à l'accoutumée, s'ils ne devaient pas ramasser à la main les bouteilles et les cannettes sur les bancs et les différents meubles urbains. Ils ont servi de tables d'appoint que les fêtards se sont bien gardés de débarrasser. La laveuse vient clore la marche en purifiant le macadam des substances suspectes qui commencent à y sécher, à l'image des « pizzas » de gerbe alcoolisée défournées au petit matin. La rampe de lavage dix jets, commandée depuis la cabine à l'aide d'un joystick, envoie de l'eau pressurisée dans le caniveau et sur une partie de la chaussée. Armé d'une lance connectée au réservoir du véhicule, un collègue asperge le trottoir sur toute sa largeur.

Issa se sent soulagé de voir que l'équipée est synchro. Il va pouvoir se concentrer sur sa tâche, faire abstraction de son mal de crâne, en mettant le paquet. Pour une fois, il redoute la fin du service, le moment où il va devoir retrouver Julie. Pour ne pas la déranger cette nuit, il a somnolé sur le canapé du salon avant le départ au boulot. Doit-il rappeler Manuela, savoir pourquoi elle l'a planté ? Elle aurait pu décommander, il ne lui en aurait pas voulu. C'est peut-être pas plus mal comme ça, si ça lui évite de continuer de la voir, d'être contraint de passer de l'omission au mensonge. Il déteste mentir. L'honnêteté, qui avec la connaissance de soi et la tolérance figure parmi les valeurs essentielles des Baye Fall, est aussi à la base de sa relation avec Julie. S'il se met à la baratiner, il perdra la face, et leur histoire finira par s'éteindre.

À l'approche du métro, Issa se retourne. Les arbres du boulevard se reflètent entre les nuances d'obsidienne du trottoir encore mouillé. Ils ont « mis du propre », comme dirait Pinel, qui ne manquera pourtant pas, par pur zèle, de faire quelques remarques inutiles à l'issue de son contrôle en fin de tournée. À trente mètres, Denis fume devant son kiosque. Issa agite les poils verts de son balai pour se faire repérer et pointe du doigt le café de Mustapha devant lui. Un code pour demander au Grec s'il lui prend un petit noir à emporter. Seul dans son kiosque pendant de longues heures, sans pause, Denis peut au moins compter sur quelques connaissances pour lui acheter à boire et à manger, ou le remplacer quelques minutes. À la grande surprise des clients, Issa s'est déjà retrouvé, dans sa tenue verte, à encaisser un *Libé* ou un *Parisien*. Denis fait signe que non, il ne veut pas de café. Il doit déjà en être à deux ou trois expressos. De près, il est égal à lui-même. Issa n'est plus surpris de ses capacités de récupération. Au départ, il n'en revenait pas de le retrouver opérationnel, en train d'installer ses journaux dès sept heures du matin, après l'avoir quitté bien rond la veille. Issa, lui, est moins coutumier du fait, ce qui doit se voir sur son visage, à en juger par le sourire bienveillant de Denis.

– Me dis pas que t'as passé la nuit à boire du rhum avec ta nouvelle copine cubaine. Je te prenais pour un mec sérieux.

Denis appuie sa remarque d'un regard amusé, mais franc, comme pour signifier qu'il n'est pas dans le jugement.

– Ben, Manuela devait nous retrouver, mais j'ai pas de nouvelles. On a un peu forcé sur le rhum-gingembre avec les djembefolla de la Villette. Enfin, surtout moi.

– Ça t'a perturbé qu'elle vienne pas, on dirait. Et ta femme, elle…

– Elle est restée tranquille à la maison avec deux copines. Elle a une grosse journée au boulot. Elle vient plus trop me voir jouer de toute façon. Manuela avait l'air partante, mais elle était pas au rendez-vous. Elle a pas répondu quand je l'ai appelée. On a eu une bonne session, tant que les autres musiciens sont là, moi ça me va.

– Tu sais, ça n'a pas l'air simple pour eux en ce moment, pour son mari, ou son ex-mari, je ne sais plus trop où ils en sont. Il est introuvable depuis plus d'une semaine. Il doit du fric à des mecs qui rigolent pas. Si ça se trouve, elle est aussi emmerdée avec ça.

– Plus d'une semaine, tu dis ? Je sais pas, je l'ai vue avant-hier, elle ne m'en a pas parlé en tout cas. Elle avait l'air plutôt en forme.

Issa repense au tissu poussiéreux du clic-clac contre son dos, aux cheveux denses, soyeux, à la peau satinée sous les cals de ses mains.

– Les gens disent pas tout… loin de là.

*

Vlado n'y croit pas ; c'est déjà l'heure ? Il faudra changer la sonnerie qu'il a choisie pour l'alarme de son portable. À force d'être réveillé par l'hymne de l'Étoile rouge de Belgrade, il va finir par soutenir les ennemis jurés du Partizan FC. En caleçon, il se dirige vers le frigo pour mettre la main sur une 1664. Conjurer le mal par le mal. Sans l'effet de la poudre, il serait rentré chez lui en rampant. Il ne se souvient plus trop de la musique, mais pour ce qui est de la fête, il a tout donné. Après avoir descendu les trente-trois centilitres de blonde et enfilé son 501, un tee-shirt gris, le holster avec son SP2022 de service et un teddy léger en coton noir, il quitte son grand studio avec vue sur les Buttes-Chaumont. Sur le point d'enjamber son T-max, il reçoit un SMS de sa capitaine : direction Pigalle pour un homicide. Il démarre le scooter à la cylindrée de moto, le lance à fond dans la rue Botzaris, son casque sous le bras, grille un feu, frôle un piéton. S'il l'avait touché, l'exhibition de sa carte aux collègues et un simple « Je suis de la maison » ne suffirait pas. Il aurait dû faire un stop à la boulangerie, combler son ventre vide d'un croissant. Il espérait commencer la journée gentiment au siège de la deuxième DPJ, rue Louis-Blanc, à enchaîner les cafés en simulant des tâches administratives, le temps d'émerger pour de bon.

En même temps, il n'est jamais contre un petit déplacement à Pigalle. Adolescent, au milieu des années quatre-vingt-dix, avec ses copains du petit quartier serbe métro Simplon, ils partaient en virée pour aller ricaner devant les sex-shops et les peep-shows en se foutant de la gueule des clients qui en sortaient. Il n'était pas rare qu'ils se fassent dégager à coups de baffes par les rabatteurs excédés. Vlado a depuis longtemps perdu son accent yougoslave et les gars se tiennent à carreau, sinon c'est lui qui met les baffes. S'il est toujours dans les parages sur les coups de midi, il pourra traverser le 18e pour passer voir sa mère. Le problème est qu'elle va se sentir obligée de faire la cuisine, de le retenir le plus possible. Autant lui rendre visite le week-end, en prenant le temps. Un bon goulash à la joue de bœuf, servi vite fait bien fait au *Pays natal*, juste à côté, fera tout aussi bien l'affaire.

À son arrivée devant la boutique, pas de cordon de sécurité, le rideau de fer à moitié baissé dont personne n'a encore trouvé la clef fait office de barrière naturelle. Tout semble normal à l'intérieur, le sol est dégagé et les produits sont bien rangés dans les rayonnages. Un planton lui indique une matraque électrique jetée sur le stratifié et lui montre l'espace derrière le comptoir. Il le contourne, tire son tee-shirt sur son nez pour tenter, en vain, d'atténuer l'odeur d'excréments qui lui retourne l'estomac. Il s'approche de l'embrasure de la porte d'une remise et s'immobilise devant le spectacle. Un gros bonhomme est étalé sur le sol, son polo relevé au niveau des pectoraux 95 C, le dos à même le carrelage. Une pile de petits cartons de marchandises s'est écroulée sur une partie de ses jambes et de son ventre impressionnant. Un objet ensanglanté est inséré dans sa bouche bordée d'une croûte marronnasse. Il s'approche d'un pas, surplombe le corps. L'homme regarde dans le vide. Un amas qui ressemble à deux petits bouts de chair bien rouge orne sa joue droite. À y regarder de plus près, il s'agit de dents cassées, maculées de sang.

Vlado sent une présence derrière lui, se retourne et salue le médecin légiste, qui le dépasse d'une demi-tête, lui qui fait déjà un mètre quatre-vingt-cinq. Il s'écarte pour lui laisser le champ libre. Le doc enfile ses gants et penche ses deux mètres sur le cadavre. « Il a les pommettes enfoncées. Il a dû s'étouffer dans son sang », murmure-t-il. Il retire l'objet de la bouche de Jean-Jacques Marlant et le montre à Vlado, qui ne trouve rien de mieux à dire que « C'est bien un meurtre de sex-shop ». Le légiste n'a pas l'air sensible à son humour. Il devra quand même m'envoyer les résultats au plus vite, se dit Vlado qui sort fumer, beaucoup moins tenté par la joue de bœuf que tout à l'heure.

*

Julie entend les talons de ses nouvelles bottines marteler le trottoir pentu de la rue de Ménilmontant. Elle est remontée à pied du siège de l'association, canal Saint-Martin. Son pas, rapide au début du trajet, a ralenti. La première journée de la Semaine du commerce équitable est un succès. Sa présentation a fait mouche : pas un faux pas, devant plus d'une centaine de personnes. Des applaudissements prolongés en guise de bouquet final. Tout, dans le moindre détail, a fonctionné comme prévu.

Elle est agréablement surprise de constater que les talons de dix centimètres ne lui causent aucun souci dans la pente. Elle ne regrette pas ce choix, à la fois confortable et élégant, qui vient compléter le look sexy et pro du tailleur pantalon marron en coton bio, surpiqué de broderies cousues main. Elle se surprend à regarder en coin, dans les vitrines des boutiques, le reflet de sa démarche chaloupée qui fait balancer l'étui de son ordinateur porté en bandoulière. À l'angle de la rue des Cascades, elle répond avec un sourire au « bonsoir madame » d'un des lascars qui squattent le coin en permanence. À bientôt trente et un ans, elle commence à avoir systématiquement droit à du « madame », surtout en tailleur.

Julie sourit en montant les escaliers de son immeuble. Malgré une journée plus que remplie, elle ne ressent pas la fatigue. Ses épaules, contractées ces derniers jours, sont complètement détendues. C'est souvent comme ça que ça se passe : elle se met beaucoup de pression avant un événement ou une épreuve. Elle stresse et se donne à fond pendant la phase de préparation, du coup, en général, quand les hostilités commencent, elle déroule.

Issa s'est endormi sur le canapé du salon dans son ample boubou en patchwork qu'il ne porte qu'à l'intérieur. D'habitude, au retour de Julie, déjà levé de sa sieste, il écoute de la musique, souvent en préparant le repas du soir. Elle ne se rappelle pas l'avoir entendu de la nuit, qu'il a dû passer sur ce même canapé. Elle est attendrie en se représentant dans quel état de fatigue il a dû faire sa tournée la plus dure de l'année. Elle sent une tension agréable dans son ventre, puis l'envie de lui communiquer son énergie, de se glisser dans le boubou, de s'imbriquer au corps d'Issa, comme les pièces multicolores qui composent son vêtement.

Elle n'ose pas le réveiller, tente un brin de rangement dans le séjour qui n'en a pas vraiment besoin. Elle ouvre le frigo de la cuisine américaine donnant sur la pièce où Issa se repose. Elle sait qu'elle est moins disponible, moins attentive ces derniers temps. Elle sait que le rush du dernier mois au travail n'en est pas la seule cause. Au Sénégal, elle avait été happée par Touba la ville sainte, par la camaraderie du groupe de Baye Fall rencontrés par le biais d'Issa, par la sagesse du marabout, l'humilité, le mysticisme. Elle qui a toujours été appliquée, sérieuse dans ses affaires, tout en se voulant généreuse, s'est reconnue dans cette morale de la rédemption par le travail au profit des autres. Sur place, avec le contexte local, la musicalité du wolof, les regards et les paroles sincères d'Issa et ses camarades, le charme avait opéré. À Paris, le temps, le quotidien, le boulot ont pris le dessus, comme pour la désenchanter. Elle est toujours en quête de sens. Ce n'est pas pour rien que, malgré son diplôme prestigieux, elle a choisi l'associatif. Mais elle a cessé de se rendre aux dahiras des condisciples d'Issa, lassée par la spiritualité, prise dans sa vie profane de jeune professionnelle parisienne. Puis elle a de moins en moins assisté à ses concerts. Chaque fois qu'elle y a invité ses amis, ils ont été emballés, impressionnés par l'énergie et la technique d'Issa. Elle, au contraire, est de plus en plus blasée dans des situations et des ambiances qui l'auraient enthousiasmée au début de leur rencontre. Comme si, avec l'âge, la soif de dépaysement laissait place à un inéluctable atavisme social. Peut-être a-t-elle eu sa dose d'Afrique ? Elle sort une boîte de poissons panés du congélateur.

Issa bouge sur le canapé en émettant de petits râles, mécontent d'être réveillé. Julie réalise qu'elle a fait les cent pas sur le parquet, entre la cuisine et le séjour. Elle ne s'est pas changée en rentrant. Elle a remarqué qu'Issa n'était pas insensible au galbe obtenu par la combinaison de ses talons et de son nouveau pantalon. Julie s'immisce dans le petit espace laissé libre sur le canapé. Sa main se met à serpenter sous le boubou le long de la cuisse d'Issa.

– Tu voudras manger du poisson avec de la salade ?

Issa sursaute, se redresse, crispé.

– Non, j'ai promis à Alioune que je passerais le voir.

*

Issa n'avait pas prévu de rendre visite à Alioune. Il espère trouver au moins l'un des trois colocs dans leur appartement. D'autant plus qu'il a quitté le sien dans la précipitation en oubliant son portable. Le mauvais réveil qu'il a évité ce matin, faute de sommeil, l'a rattrapé en début de soirée. Un de ces réveils progressifs et pénibles, rythmé par les talons de Julie. Il ne se souvient plus s'il a rêvé, en tout cas, en ouvrant les yeux, il avait Manuela dans la peau. Julie vient tellement peu vers lui ces derniers jours qu'il ne s'y attendait plus. Elle n'a pas l'habitude de voir ses ardeurs repoussées.

Alioune lui ouvre, une fin de pétard au bec. Cheikh est debout au milieu de la pièce en train de bouger subtilement sur un mbalax d'Omar Pene. Oumar, se prévalant de son passé de sportif, évite les ambiances trop enfumées. Il pianote sur son ordinateur sous la fenêtre ouverte de la pièce d'à côté. Alioune apporte une Heineken à Issa, installé sur un coussin à même le sol, devant un petit touret à câbles qui sert de table basse.

– Alors grand, bien rentré ? T'as envoyé du lourd hier. Pas trop dur le boulot ce matin ?

– Ce matin ça a été, mais le vrai réveil, c'était tout à l'heure, depuis ça va un peu un peu. Je devais sortir, souffler.

Cheikh, les yeux rieurs derrière ses lunettes, s'installe à côté du touret en faisant tinter le cul de sa bière contre celle d'Issa. Alioune effrite une tête bien verte, qu'il mélange à du tabac dans une soucoupe en bois sculptée en forme de pirogue. Il s'interrompt pour poser la main sur le genou d'Issa.

– Moytul, fais gaffe, quand même, ce que t'as avec Julie, c'est bien, faut pas gâter. Tu sais que tu peux venir ici quand tu veux, hein Cheikh ?

Cheikh acquiesce en avalant une gorgée de bière.

– Des fois un couple a besoin de respirer, comme on dit.

Issa se rappelle qu'à l'arrivée d'Alioune à Paris, Julie s'était beaucoup impliquée pour l'aider à monter son dossier d'aide médicale d'État, indispensable pour faire soigner ses chicots. Régulièrement en galère de logement, il avait passé plusieurs nuits sur le clic-clac de leur deux-pièces. Julie s'était montrée très patiente. C'est lui qui avait fini par le presser de partir. Il avait activé le réseau des Bay Fall pour lui trouver une coloc. Cheikh et Oumar avaient une place disponible. De simples condisciples, ils sont devenus proches.

# 8

Modibo grelotte dans son tee-shirt « Le rap c'est mieux maintenant ». Au-dessus du parc, il a vu le soleil se dérober derrière le mont Valérien et senti la température chuter de plusieurs degrés. Il paraît que c'est l'été. S'il avait su, il aurait pris son sweat. D'ordinaire, en semaine, Fouad l'accompagne. La plupart du temps, il le couvre, lui permet de rentrer plus tôt pour réviser ou composer. Ce soir, il est injoignable. Qu'est-ce qu'il peut bien foutre ?

Un type en bomber Raiders, la trentaine, crâne rasé, épaules de sportif, approche, sûr de lui.

– Vingt euros de beuh, steuplait.

– Y'a pas, y'a pas.

– Bon ben, du shit alors.

– Je vois pas de quoi tu parles, il y a pas de ça ici.

Le type lui jette un regard sceptique puis s'éloigne, l'air dépité. C'est probablement pas un civil tout compte fait. Mais on sait jamais, il vaut mieux être trop prudent que pas assez et quelque chose dans sa voix, son apparence… ne lui dit trop rien.

Les lumières de la tour en contrebas du parc sont soit jaunes et franches soit bleues et mouvantes. Dans les appartements où on a fini de dîner, les écrans LED FULL HD projettent le flux des prime time sur les murs. Au dernier étage, un gars qu'il voit tout le temps, chômeur ou allocataire Cotorep, fume au balcon. Il le fixe. À plus de cent mètres, dans la pénombre, il ne voit pas ses yeux, mais il sent son regard. Modibo le fixe en retour, le temps qu'il finisse sa clope, puis le type rentre, continue à le scruter derrière son rideau, Modibo murmure, vas-y descends bonhomme, quand il se rend compte qu'il est en train de paranoïer, de se faire un film. Ça aide à tuer le temps.

Emma, la petite serveuse du bar d'à côté, *La Mer à boire*, vient le voir avec une autre fille. Elles doivent avoir deux ou trois ans de plus que lui.

– Salut, tu peux dépanner ma copine ?

– Oui, pour combien ?

– Dix euros.

– On fait pas de dix euros, c'est vingt minimum.

– Allez, steuplait, elle est à sec, c'est déjà moi qui lui avance dix.

– Bon, attendez-moi là.

Modibo s'approche du parc, s'adosse sur sa grille. Il met la main dans une poubelle suspendue, dégage un paquet de chips vide pour atteindre le gobelet. Il en tire une barrette qu'il casse au milieu. Il rejoint les filles. La copine a l'air contente et Emma lui fait la bise. Plutôt stylée, Emma, avec ses longs cheveux qui dépassent d'un bonnet mauve, mais il n'est pas censé faire la bise, ça fait pas pro.

Maintenant, Modibo sautille pour lutter contre le froid. Il met les oreillettes de son portable et lance sa dernière production en boucle. Pas mal, mais il aurait dû placer les caisses claires à contre-temps, pour plus de groove. Ça s'écoute bien, quand même : il avance à reculons, par à-coups, en faisant bouger ses jambes, comme si elles étaient prises de soubresauts. Une sorte de moonwalk, teinté de Krump. Une main sur l'épaule vient le sortir de son délire.

C'est Rachid, le principal lieutenant de Doom's depuis que Farid se fait plus discret.

– Tu fais quoi là ?

– Ben quoi ?

– Si un client arrive et toi tu regardes le mur en faisant Michael Jackson avec tes oreillettes, ça sert à quoi ? Il est où Fouad ?

– Il est pas là ?

– Ah le Khmar, il part en vrille de toute façon, lui. Toutes les semaines y'a un truc. Reste encore un peu, attends la relève.

Modibo a repris ses sautillements quand son portable sonne. Doom's est furieux contre Fouad, il envoie quelqu'un d'autre. Il va falloir patienter.

Il zigzague entre les colonnes du préau de la place qui surplombe le parc. Les grands personnages bombés par un *street artist* sur chaque pilier et dont la tête se perd dans un dégradé de ciel lui tiennent compagnie. Il pourrait aller tchatcher avec les filles en terrasse à *La Mer à boire*. D'autant plus que Fouad n'est pas là pour faire son gamin, saboter, jouer la provoc'.

Il attend la relève. C'est pourtant Fouad qui arrive par les petites marches qui longent le parc, sa capuche sur la tête et de nouvelles Jordan rétro à 250 euros aux pieds.

– Psartek, bien les Nike ! Non, mais t'es sérieux, là ? Doom's envoie quelqu'un, ça va chauffer pour toi. Tu l'appelles pour annuler ?

– …

– Non t'oses pas ? T'as raison je crois. Je vais l'appeler, moi.

*

Farid passe le sixième rapport de sa Ninja ZX-6R 636 sur l'A86. Il regarde loin devant lui, évite les voitures d'une simple inclinaison de la tête, que son corps et la bécane suivent machinalement. Les appels de phare d'un conducteur de Citroën C3, qui roule tranquillement à 110, lui crient « T'es taré ou quoi ! ? » Un bon père de famille, à coup sûr. Responsable. Les battements de son cœur accélèrent au fur et à mesure que le chiffre grimpe sur le cadran pour atteindre le maximum de 260.

Cent dix-huit chevaux au galop ne compensent pas son impuissance. Farid ralentit. Il a essayé de revenir sur ses pas, pour rattraper le coup. Bien trop tard. Bientôt minuit. À cette heure, en début de semaine, le débit au niveau de la sortie d'Argenteuil est fluide. Le va-et-vient des flics et des secours avait déjà commencé. Il s'en veut. Il aurait eu tout le temps nécessaire pour mettre de l'ordre avant l'ouverture, derrière le rideau baissé. Personne à ses trousses pour l'instant. À l'aide d'un petit bouton discret derrière le compteur, il actionne sa plaque rétractable installée par son pote Ange « mi-tange mi-démon » dans son garage illégal de Champigny. Ciao les radars, faudra s'accrocher pour venir me chercher. Il n'a jamais été bon pour faire le ménage. Malgré toutes les difficultés, sa mère était toujours là, à passer derrière lui. Elle a fait la même chose avec Fouad. Sur le guidon vibrant, ses gants Dainese en cuir renforcé carbone et titane n'accusent pas le coup. Lætitia n'a pas posé de questions, elle les a rattrapés avec du lait pour bébé et de l'ammoniac. Très dur à enlever, le sang sur le cuir. Il aurait été raisonnable de les balancer. Il n'en est plus à une imprudence près et, vu le prix qu'ils ont coûté, ce serait dommage. Il ne pensait pas faire autant de dégâts sur la tête du gros. Pire qu'un poing américain, les gants renforcés. Lætitia a compris à sa tête qu'il s'était passé quelque chose de grave. Elle lui avait déjà dit qu'elle n'irait pas le voir en prison s'il continuait les conneries. Il l'a entendue, a expliqué à Doom's qu'il allait se ranger, prendre un boulot dans la sécurité. Une petite négociation lors de son arrestation lui a permis de garder son casier vierge. Pour Doom's, il ne ferait que des petits à-côtés, un peu de recouvrement de fonds, pas de produits, pas d'armes sur lui. Il fallait qu'il tombe sur le gras du bide, avec sa pute et ses godes. Doom's ne va pas comprendre. On ne bousille pas la poule aux œufs d'or. Le gars commençait à être rentable. Mais il a mal digéré le coup de la bagnole achetée en leasing, revendue à perte à Anderlecht. Il n'a pas pipé mot dans le train pendant le trajet de retour. Qu'est-ce qu'il a cru en prenant le fric de Doom's, que c'était l'Armée du salut ?

Farid laisse derrière lui l'échangeur de l'A13. Il a mis une minute trente pour parcourir les cinq kilomètres de tunnel depuis Rueil-Malmaison. Il a dû descendre et coucher sa moto pour la faire passer sous la barrière du péage automatique. Déjà que le tunnel est interdit aux motos. En cas de guet-apens de la police à la sortie, ça ne serait pas la plus grave de ses infractions. Au bout d'un quart d'heure, il en est à la moitié de son grand tour de Paris. S'il en sort indemne, il rentre dans son pavillon de Clichy-sous-Bois. Lætitia n'était pas emballée à l'idée de s'installer dans la ville après les émeutes de 2005. Quand elle a découvert la petite zone pavillonnaire, juste à côté du très chic Raincy, elle s'y est faite. Il croyait quoi, ce con, avec son espèce de taser ? Farid reprend de la vitesse. Son père lui a offert sa première mini-moto à l'âge de neuf ans. Il attendait impatiemment les vacances pour la retrouver dans le garage de leur maison à Bejaia. C'étaient les années fastes, avant que son père ne tombe pour de bon. Ici, il serait sorti depuis belle lurette. Au bled, c'est différent. Comme il l'a appris sur les chemins de terre kabyles, il tourne l'accélérateur à mi-chemin, met son poids en avant, appuie sur l'embrayage jusqu'au point de patinage et le lâche brusquement en tirant sur ses bras vers l'arrière. La machine se cabre comme à l'époque, sauf que là, elle fait cent kilos de plus et va quatre fois plus vite. Après avoir encaissé le fric de la Mercedes, il venait apaiser les choses, faire le *good cop*. Il faut savoir relâcher la pression au bon moment, il l'a peut-être fait un poil trop tard. L'autre s'est cru dans un film. Il a surgi du rayon scato/sadomaso où il s'était tapi pour envoyer 200 000 volts dans le rembourrage de son cuir de motard. À part une petite odeur de vachette roussie et une trace sombre sur la manche, le désagrément était minime, mais l'attaque sournoise. Toujours sur une roue, la Kawa verte passe de justesse entre un semi-remorque et une 306 dont les conducteurs n'ont rien dû comprendre. Toute la cité Piat sait qu'il ne faut pas chercher

Farid. Quand ils sont rentrés du bled sans le père, il ne tenait plus en place. Un regard de travers, une vanne mal comprise et le direct partait. Sa mère l'a inscrit à la boxe française sur les conseils du principal du collège. Il a, pour un temps, mis une partie de sa rage dans ce sport et retrouvé son sens de l'humour. Sa réputation de cogneur de rue est restée intacte à juste titre, et le gros a fait l'erreur de vouloir le prendre par surprise. Depuis qu'il a quitté la cité, qu'il bouge en solitaire, personne n'est là pour le calmer quand il perd le contrôle. Entre les murs fuchsia du sex-shop, il a vu rouge. Il s'est retrouvé à califourchon sur Jean-Jacques, ses gants de moto en lieu et place des gants de boxe et la tête du pauvre type en guise de punching-ball. Le gros était encore vivant quand il s'est levé. Même quand il lui a enfoncé le *Double-D* dans la bouche, il respirait, par le nez, où des bulles roses se formaient et éclataient l'une après l'autre, suivant le va-et-vient de son souffle. Une fois son taux d'adrénaline revenu à un niveau normal, il y est retourné. Il s'est dit, c'est un costaud, il peut se hisser jusqu'au téléphone, appeler les secours. Sur place, les secours étaient bien là, les flics aussi, mais la housse était zippée sur la civière. Farid appuie légèrement sur le frein arrière. Le compteur indique 190 et toujours pas de sirènes à l'horizon. Il a tenté de se rassurer : pas d'empreintes avec les gants, qui ont sûrement aussi préservé son ADN. Puis il a pensé au *Double-D* qu'il a tripoté pendant des jours. Pendant son arrestation, il y a deux ans, il a refusé qu'on lui prélève son ADN, mais peut-on trouver des empreintes digitales sur le silicone ? Avec les progrès qu'ils ont fait ces derniers temps, c'est plus que probable. Il préfère ne pas y penser, pour l'instant. Il faut à tout prix qu'il arrive à rassurer Lætitia en rentrant. Lui dire que le type dont elle a nettoyé le sang s'est tiré d'affaire. Elle ne mérite pas ça.

Farid redescend sous la limite de vitesse autorisée, redéploie sa plaque d'immatriculation cachée et prend la sortie Le Raincy-Villemomble.

Quand il s'arrête devant chez lui pour ouvrir son portail, le système d'arrosage du voisin, déréglé, lui envoie un jet d'eau en pleine tête. Pendant qu'il pousse sa moto, de fines gouttes glissent lentement sur la vitre de son casque intégral.

# 9

*Le Parisien*
Mercredi 23 juin 2010

**Meurtre sordide dans un sex-shop de Pigalle**

L'homme de 45 ans, connu dans le milieu du X parisien, avait ouvert un commerce de produits érotiques il y a moins de trois mois. Il a été retrouvé mort lundi matin dans la remise de sa boutique du boulevard Rochechouart.

Denis feuilletait la rubrique faits-divers quand il est tombé sur cet entrefilet. L'âge, le lieu, la nature et la date d'ouverture de la boutique : tout concorde. Pas de place pour le doute. D'habitude, après avoir lu l'article qui l'intéresse, il replie soigneusement le journal pour le remettre en vente sur le présentoir dédié. Là, le journal reste ouvert devant lui. Il sert les prochains clients comme en pilote automatique. *Le Figaro Madame ?* Quatre euros quatre-vingt-dix. *Causette ?* Cinq euros s'il vous plaît. *Minute ?* On l'a pas. Non qu'il ait une sympathie particulière pour son fournisseur de magazines de cul, mais il n'avait jamais eu de problèmes avec lui. Il ne lui souhaitait pas ça. Et dire qu'il a vu Jean-Jacques se mettre dans l'embrouille en direct, sous ses yeux. Denis a décidé dès ses débuts dans ce métier de ne pas se sentir responsable de ce qui se passe dans l'environnement immédiat du kiosque, entre ses clients, entre les passants. Des imbroglios, des incendies dans des bâtiments alentour, des vols, des bagarres, des plans drague ou, au contraire, à la limite du harcèlement, il en a vu. Mais jamais rien qui conduise à la mort de quelqu'un. Il ne sent pas coupable, mais concerné.

Quand Cyril passe le voir pendant sa pause, comme presque tous les jours, il ne répond pas à sa vanne éculée.

– Alors l'ancien, toujours là ?

– Tu devrais voir ça.

Denis lui tend le journal et, au bout de trente secondes de lecture, il voit ses yeux s'écarquiller.

– Ben quoi ?

Denis lui jette un regard sans agressivité, mais d'une intensité qui dit « Ne me prends pas pour un con ».

– Ouais, tu penses que c'est lui ? Même si c'est lui, il lui est peut-être arrivé autre chose, non ?...

Moi j'ai juste rendu service, c'est tout. En plus, je lui ai dit qu'il fallait être carré avec eux. Après, c'est pas mes affaires…

*

Vlado fait la grimace. Puis il sort de sa réserve, exaspéré :

– Pourquoi vous donnez des coups d'épaule ? Glisser une radio pour voir si la porte n'est pas juste claquée, ça se fait plus ?

– Bien sûr que si monsieur, on fait toujours ça, vous croyez quoi ? Je vérifiais juste un truc.

– Je la connais la technique, on fait semblant de galérer pendant un quart d'heure pour justifier des tarifs abusifs. On a l'habitude, hein, je suis pas né de la dernière pluie.

– Ça, c'est les mauvais, monsieur, c'est pas notre genre.

– Mouais.

– C'est pas vous qui payez de votre poche, si ?

Non seulement il a l'air incompétent, mais en plus il est gonflé.

– C'est moi, c'est vous, c'est vos impôts. Enfin, si vous en payez…

D'ordinaire, Vlado préfère avoir recours aux deux-trois serruriers de confiance avec lesquels la 2e DPJ a ses habitudes. En général, des copains de collègues à qui on rend service. Cette fois, il n'a pas pris le temps ; il en a déjà perdu suffisamment en allant toquer chez le gros Jean-Jacques à deux reprises depuis la veille. Lors d'une rapide enquête de voisinage, les rares habitants de l'immeuble qui ont accepté d'ouvrir n'ont pas pu lui donner de nouvelles de la femme de la victime, une certaine Manuela Mambi, ressortissante cubaine, pas vue depuis deux jours. Dès que la juge a envoyé la commission rogatoire, il s'est à nouveau précipité rue de Ménilmontant, seul. Il a persuadé le commissaire qu'il s'agissait juste d'une vérification formelle, histoire de s'assurer que la Cubaine n'était pas morte dans son appart, pas besoin de collègues officiers, ni d'agents pour l'assister. Ce n'est qu'une fois sur place qu'il a pensé au serrurier. Celui dont la boutique clignote un peu plus bas sur le trottoir d'en face n'a pas voulu se déplacer. À la place, il a appelé son « collaborateur », ce jeune bidouilleur à la mèche grasse plaquée au gel qui, vu sa dégaine et sa technique approximative, a tout du petit cambrioleur qui arrondit ses fins de mois de manière légale.

– Elle est fermée à clef ?

– Non, mais c'est une serrure sécurisée, avec cornière antieffraction. Ça va le faire, il suffit de…

Sans finir sa phrase, il continue de coulisser la radio de haut en bas en mettant des coups de pied et de genou de plus en plus rapides sur la porte, le tout appuyé par des petits grognements pour mettre l'accent sur la pénibilité de la tâche. Puis, dans un geste d'énervement, il jette la radio au sol et s'adosse au mur, avec l'air exténué d'un coureur de fond en fin de marathon sous le cagnard.

– Déjà fatigué ? Je croyais qu'ouvrir une porte claquée, c'était un peu le b.a.-ba, non ?

– Franchement, j'ai jamais vu un truc pareil. Y'a pas moyen avec la radio. Je vais devoir retourner à la boutique chercher une perceuse.

– Pff, vous avez pas ça avec vous ?

– Euh, je dois récupérer celle du patron, la mienne est déchargée.

– Vous allez percer dans la porte pour essayer d'accrocher la poignée ?

– C'est de la blindée, ça, monsieur, c'est compliqué à percer… Je vais percer dans la serrure.

– Vous allez facturer un changement de serrure, alors ? Je suis sûr qu'il y a une autre solution, mais bon… Allez-y, je dois trouver des témoins pour la perquise de toute façon. Vous me ferez un devis.

Sûrement pas un cambrioleur, il ferait honte à la profession, se dit Vlado, qui s'en veut de ne pas avoir fait appel aux serruriers maison. Le gars ne maîtrise pas la tâche de base de son prétendu métier. Sauf si, malgré son avertissement, il a le culot de vraiment lui faire le vieux coup de la complication. Tant pis.

– Ouvrez, police !

Ça commence mal. Vlado déteste être pris pour un con. Comme s'il n'entendait pas le sol craquer derrière la porte d'en face. Ça ne va pas être simple de trouver deux témoins dans cet immeuble où tout le monde a l'air d'avoir quelque chose à se reprocher. Il ne sait d'ailleurs pas quoi en penser, de l'immeuble. Seuls la rambarde en bois rénovée, les marches creusées, patinées par l'usure et le sol rétro en damier de l'entrée sont encore en place, comme des vestiges d'un charme ancien, sévèrement attaqué par une rénovation bas de gamme, sûrement surfacturée dans un coûteux programme de réhabilitation de l'habitat ancien. Un carrelage en faux granit gris quelconque recouvre le sol des parties communes. Les portes dépareillées, de tailles et de factures différentes, peintes en bleu Cyclades, peinent lamentablement à restituer une ambiance méditerranéenne. L'humidité fait déjà gondoler par endroits des murs recouverts d'une toile à peindre standard.

Une petite dame aux cheveux blancs lutte pour faire escalader les marches à son Caddie plein de courses.

– Bonjour madame, Police nationale, vous voulez bien être témoin d'une perquisition ?

– Je suis vieille et épuisée, je vais devoir m'allonger, une fois en haut. Et j'y suis pas encore. Puis j'aime pas trop me mêler de ce qui me regarde pas. Enfin, si vous m'aidez à monter mon Caddie au sixième, peut-être que…

– Je vais pas avoir le temps, on n'a même pas réussi à ouvrir pour l'instant et je dois trouver deux témoins, puis c'est important de faire un peu d'exercice à votre âge, donc... Bonne soirée madame.

Un soupçon de scrupules passe par la tête de Vlado, en la voyant se retourner dans l'escalier pour tirer le Caddie des deux mains. Aider les vieilles dames n'a jamais fait partie de ses motivations pour s'engager dans la police.

Un bruit lourd et plastique retentit de la fenêtre du couloir. En s'en approchant, Vlado surplombe une cour pavée où un type vient de poser deux pots de peinture pour ouvrir la porte d'un appartement en rez-de-chaussée. Il dévale les escaliers deux par deux. Dans la cour, il passe devant un quinquagénaire au style pouilleux assis sur des petites marches, une mallette compacte sur les genoux. Il l'ignore, continue dans sa lancée et se retrouve essoufflé devant un homme d'à peu près son âge en train de refermer sa porte.

– Un instant s'il vous plaît, j'aurais besoin de témoins pour une perquisition, vous...

– Non vraiment, là, je vais pas avoir le temps...

Le type aux cheveux longs et à la barbe fournie a les yeux rouges ; une odeur refroidie de shit se dégage de la porte entrouverte.

– Dites, ça sent pas le jasmin chez vous, je peux jeter un œil ?

L'homme affiche la mine déconfite de celui qui vient de se faire piéger.

– Euh, c'est en travaux, je suis en pleine sous-couche, là, vous allez vous en mettre partout, je...

Écoutez, je dépose les pots de peinture et je vous rejoins.

– Retrouvez-moi au troisième étage dans dix minutes. Soyez là hein, sinon je repasse.

Le temps de faire un détour par la boîte aux lettres du couple et que l'autre abruti d'apprenti serrurier revienne.

L'homme assis en face de l'appartement en travaux a ouvert sa mallette et contemple un magnum en inox rutilant. Il porte des charentaises, un short et un gilet de pêcheur sur son tee-shirt.

– J'espère que c'est un jouet ?

– À votre avis ?

– Si c'est pas un jouet, j'imagine que vous avez un permis de port d'arme.

– Vous êtes flic ?

– Oui, justement, dit Vlado en exhibant sa carte.

– Tenez, dit le type en sortant en sortant deux documents de la mallette : le permis et une licence de club de tir au nom de Bernard Michel.

– Vous êtes pas censé sortir l'arme de sa mallette en dehors du club de tir. En plus, elle doit être rendue inutilisable pendant le transport, ce qui n'est visiblement pas le cas.

– Je la transporte pas, je suis chez moi ici.

– Vous êtes dans des parties communes, vous n'êtes pas chez vous techniquement. Je vous conseille de fermer la mallette et de la ranger chez vous dans le coffre sécurisé que vous vous devez d'avoir. Sinon, on peut aller régler ça au commissariat.

Il n'envisage pas une seconde de demander à ce gars qui transpire le louche d'être le second témoin de la perquisition. Le type ferme la mallette en marmonnant quelque chose d'inintelligible. Vlado n'a pas le temps, mais entre le bobo bricoleur fumeur de joints et le pêcheur armé dans la cour, bonjour l'immeuble.

# 10

Il doit avoir une trentaine d'années, ce type. Trente-cinq maximum. Il a l'air un peu plus vieux que Doom's. C'est dur à dire, le pull en laine tricoté maison et le front dégarni le vieillissent pas mal. Même s'il doit penser être dans le coup, avec ses baskets rouges et ses Ray Ban de vue, le petit bonnet à revers posé sur l'arrière du crâne lui donne plutôt un style de vieux marin breton. Malgré son âge, il a ce petit je-ne-sais-quoi de décontracté qui fait qu'on ne se méfie pas de lui. Peut-être qu'on devrait. Il est en train de faire causette avec Fouad, pendant que Modibo s'affaire dans la poubelle pour lui rapporter sa barrette. Modibo n'a pas cours un mercredi après-midi sur deux. C'était le créneau du foot, qu'il a laissé tomber après les vacances de Noël. Quand on n'est pas doué, il faut le reconnaître, arrêter de perdre son temps. Se prendre petit pont sur petit pont lui bousillait sa créativité pour la journée. Il préfère s'abstenir, être le boss du sampler, soldat du ter-ter et plus le dernier derrière le ballon. Fouad, lui, s'entraîne tous les samedis et se débrouille plutôt bien. Faut dire qu'à part tenir les murs, il n'a pas grand-chose à faire. L'après-midi en milieu de semaine ça ne bouge pas trop au-dessus du parc. Les gens viennent en soirée, ou jeudi-vendredi, pour leurs courses du week-end. Quand Modibo traverse la place, l'objet de la transaction dans la poche arrière de son G-star ajusté, il voit le type noter quelque chose sur son portable. Au moment où il les rejoint, le portable est rangé. « Merci, les gars. Nabil, on s'appelle hein ? » Modibo reste scotché quelques secondes, le temps de digérer, puis assène un léger coup de poing sur l'abdomen de son ami.

– Alors *Nabil*, on fait des cachotteries ?

– Je taffe mon réseau, t'as vu.

– Tu taffes ton réseau avec un faux nom ? Ton réseau de quoi ? C'est quoi Nabil ? Ton nom d'artiste, genre « Allô Nabil, on te voit plus aux soirées ! » ?

– C'est un pseudo, ça se fait quand on fait du business, t'y connais rien toi.

Modibo sent bien que quelque chose travaille Fouad ces derniers temps. Il ne tient pas en place, il arrive en retard, n'est jamais clair sur ses allées et venues. Ça pue le mec qui trame quelque chose dans son coin.

– Genre t'es en mode autoentrepreneur maintenant ? On doit en dire le moins possible, pseudo ou pas, on n'est pas là pour se faire des amis. Doom's, il a jamais dit de filer nos numéros. Le gars, il sait où nous trouver.

– T'inquiète.

– Je serai pas là pour te couvrir si tu te mets dans la merde en tout cas. Si tu crois que t'as les épaules pour la jouer solo...

– C'est ça, va faire ta donneuse. Quand Monsieur part plus tôt pour faire ses devoirs, pour compôôser, qui c'est qui couvre qui ? Mais j'oublie, toi t'es l'artiste, le chouchou de Doom's. Après, tu parles de nom d'artiste...

C'est ça, t'as raison gars. Modibo préfère ne pas relever. Voilà ce qui se passe quand on a du talent, qu'on trace sa route, les haineux sortent du bois. La jalousie rend con. Son pote vaut mieux que ça, encore faut-il qu'il s'en rende compte à temps.

*

Coumba a comme un mauvais pressentiment en attaquant la pente de Ménilmontant. Jamais Manuela n'aurait annulé un cours sans prévenir ses élèves. Elle l'a harcelée sur son portable depuis ce matin en tombant immanquablement sur sa messagerie. C'est Manuela qui l'a poussée à profiter de Paris, à découvrir d'autres horizons que sa cité, à s'en foutre du jugement des jeunes de son quartier sur les personnes qu'elle fréquente ou la manière dont elle s'habille. Elle est tellement pressée d'entrer dans l'immeuble qu'en ouvrant la porte elle manque de rentrer dans un type qui...

– Mais vous faites quoi, là ?

– Pourquoi, vous les connaissez ?

– C'est ma prof de danse. Mais qui vous donne le droit de fouiller dans sa boîte aux lettres ?

– C'est la police mademoiselle, dit l'homme en exhibant sa carte.

Il la laisse plantée là pendant qu'il examine les cachets de la poste d'un petit paquet d'enveloppes, qu'il finit par remettre dans la boîte, puis il parle dans sa barbe :

– Trois jours de courrier, rien d'alarmant à ce niveau-là...

– Mais qu'est-ce qui se passe exactement ?

Le flic explique que Manuela est introuvable depuis qu'il y a eu « un souci » – va savoir lequel – avec son mari. Il lui propose d'être témoin d'une perquisition chez elle, ce qu'elle accepte, inquiète à l'idée d'un drame éventuel. Le mari en question, Coumba l'a croisé à quelques reprises, se demandant chaque fois ce qu'une femme comme Manuela pouvait bien faire avec lui. D'ailleurs, elle n'en parlait jamais jusqu'à il y a quelques jours, quand, dans un moment de détente, elle a annoncé à ses élèves qu'elle allait divorcer.

Le type aux cheveux longs qui attend devant la porte de Manuela n'a pas l'air de reconnaître Coumba. Elle si ; il a déjà essayé de l'accoster quelques mois plus tôt dans le hall de l'immeuble alors qu'elle sortait du cours de danse. Deux jours après, il ne l'avait pas calculée en abordant une amie à elle dans un bar du quartier. Peut-être qu'il efface de sa mémoire toutes ses tentatives infructueuses et leurs cibles, pour pouvoir mieux retenter sa chance, comme si de rien n'était. Il a le même air faussement décontracté quand il s'adresse à elle.

– T'as aussi été recrutée contre ton gré ? C'est pas de bol hein ? Pourvu que ça dure pas trop longtemps, c'est une belle soirée, autant en profiter. Moi c'est Xavier au fait, je retape un appart au rez-de-chaussée…

Avant d'avoir le temps de répondre et pas mécontente de lui mettre un vent, elle s'écarte pour laisser passer un jeune d'à peu près son âge avec beaucoup trop de gel dans les cheveux et une petite valise à roulettes. Il en sort une perceuse rechargeable dont il plante d'office le foret, déjà fixé, dans la serrure. Des copeaux de métal voltigent vers le sol comme des feuilles mortes dorées et la porte finit par céder au bout d'un temps que le flic semble trouver excessivement long. L'intérieur est légèrement désordonné ; sur la table basse, un bol avec un fond de lait et de céréales est survolé par une poignée de moucherons. Une pile de pubs et de journaux gratuits est négligemment jetée à même le canapé en cuir qui trône au milieu du salon, alors que Coumba à l'habitude de le voir contre le mur. Les meubles sur roulettes à frein que Manuela écarte pour ses cours sont répartis à travers la pièce dans leur configuration quotidienne. Du coup, le double séjour paraît un peu plus étriqué, même s'il doit faire pas loin de trente mètres carrés. Au fond à gauche, de la vaisselle propre repose sur l'égouttoir du coin cuisine délimité par un petit bar. Le long de la cloison de droite, les trois portes de la salle de bains et des deux chambres sont fermées. Les tableaux abstraits du même peintre cubain décorent les murs.

– Vous êtes déjà venue ? demande le flic.

– Oui, je viens toutes les semaines pour les cou...

Coumba se dit que Manuela n'a pas forcément le droit d'accueillir des cours chez elle, qu'il est très probable qu'elle ne les déclare pas. Ce flic n'en a sûrement rien à faire, mais on sait jamais.

– Je viens régulièrement après les cours de danse.

– Vous ne voyez rien d'anormal ?

– Les céréales, je... Je la vois pas les laisser comme ça sur la table pendant plusieurs jours... C'est peut-être son mari qui a quitté l'appart en dernier. À part ça...

Le flic commence par ouvrir les placards, qu'il fouille grossièrement, puis tire la porte de la petite pièce, qui sert visiblement à la fois de bureau, de débarras et de chambre d'amis. L'officier se met à éplucher une pile de paperasse dans une corbeille posée sur une plaque de verre portée par des tréteaux. Avec son smartphone, il photographie un par un les documents qui s'y trouvent, des factures, des avis d'imposition et un courrier officiel siglé de la Marianne bleu-blanc-rouge. Il balaye maintenant la pièce principale avec l'appareil en mode vidéo.

Le Xavier, qui fait les cent pas dans le salon, a l'air de s'emmerder. Il allume la chaîne hi-fi réglée sur Radio Latina et s'empresse de baisser le volume avant que leurs tympans soient percés par un morceau de reggaeton autotuné.

Le flic surgit du bureau, lassé.

– Je vous ai dit de toucher à quelque chose ?

– Désolé, on est là debout à rien faire, je me suis dit… J'éteins tout de suite si vous voulez.

– Vous touchez à rien ! Je veux pas de vos empreintes dans l'appartement. Je vais le faire en partant. J'hallucine ! J'aurais dû faire venir des agents pour vous surveiller.

Pendant que le flic ouvre la dernière pièce, Xavier hausse les épaules en regardant Coumba avec un sourire complice, qu'elle ne lui renvoie pas, puis s'approche d'elle en se déhanchant légèrement sur le rythme du reggaeton.

– Euh, tu crois pas qu'on devrait aller surveiller ce qu'il fait, on est un peu censés être des témoins, quand même.

Avant qu'il ait le temps de réagir, elle est déjà dans la chambre, dont la décoration ne correspond pas vraiment à ce qu'elle attendait : les murs et une partie du plafond – au-dessus du lit – sont recouverts de miroirs. Une esthétique kitsch et vulgaire, bien loin du goût raffiné de Manuela. Coumba est persuadée que le mari a aménagé la chambre avant de la rencontrer. Le flic ouvre un tiroir de la commode dont il extrait un string minimaliste.

– Fouiller dans ses sous-vêtements, c'est utile pour votre enquête ?

– Pas vraiment, mais on sait jamais à l'avance ce qui peut déboucher sur une piste, vous savez.

Elle sent derrière elle la présence de Xavier, qui réprime un début de ricanement en la voyant se retourner.

Il n'y a pas qu'elle que ce type exaspère : le flic range le string et se retourne vers Xavier.

– Au lieu de vous amuser de la situation, vous pouvez peut-être servir à quelque chose : qui habite l'appartement d'en face ?

– En face, c'est Bernard, le président…

– Bernard Michel ?

– C'est ça.

– C'est son surnom, le président ?

– Le président du conseil syndical, je le connais pas plus que ça, je vais pas aux AG.

– Vous savez si quelqu'un occupe l'appart avec lui ?

– Pas à ma connaissance, il vit seul, je crois.

Le nom du flic, Vlado Stankovic, figure sur le PV de perquisition, un formulaire à remplir qu'il leur fait signer sur la table du séjour. Les seuls objets saisis sont un ordinateur portable, sûrement celui du mari vu l'autocollant lapin de *Playboy*, et un iPhone déchargé, que Coumba croit bien avoir vu dans les mains de Manuela. Vlado remercie les deux témoins en ne regardant que Coumba avec un grand sourire et lui donne sa carte, au cas où elle voudrait se tenir informée. En descendant l'escalier, Xavier lui propose de passer prendre un verre et visiter l'appartement qu'il est en train de retaper.

– Ça va pas être possible, malheureusement… Je dois rentrer… pour… regarder la télé.

Surpris, Xavier en a même loupé quelques marches. Coumba sourit en pensant à sa réponse, ce qui dissipe un instant son inquiétude au sujet de Manuela. Même attirée par les hommes, elle ne suivrait jamais un gars collant comme lui. Vlado, lui, a un certain charme, avec son style un peu négligé et ses traits marqués par tous types d'excès. Par contre, si elle a gardé un principe de sa jeunesse au quartier, c'est bien celui de ne pas frayer avec les condés.

*

Le tissu beige du canapé sur lequel elle est allongée est un assemblage de bandelettes de coton cousues ensemble. Chaque fois qu'elle fait mine de se lever, de quitter son couchage, les bandelettes s'animent de façon autonome pour envelopper le membre qui tente de s'échapper, d'abord sa jambe, puis son bras. Une grande table verte se trouve à sa droite, un premier objectif à atteindre. Elle fait semblant de s'endormir pour tromper l'objet animé qui la transforme en momie. Elle trouve qu'elle ne s'y prend pas trop mal pour rester immobile, vu son état d'excitation. Elle repense aux rares fois où elle a tenté de s'endormir après avoir pris de la mauvaise coke avec Jean-Jacques. C'est la même sensation. La bête textile semble momentanément apprivoisée, inerte. Elle décide de contracter rapidement les reins pour s'éjecter du canapé d'un soudain coup de fesses. Toutes les bandelettes se réveillent alors à l'unisson pour envelopper intégralement son corps en la maintenant sur place. Seule une ouverture au niveau du visage lui permet de respirer. Elle émet un râle qui se transforme en crise de sanglots. Un bruit métallique interrompt ses pleurs. La serrure. La porte métallique s'est ouverte, un homme corpulent lui tourne le dos en la refermant. Jean-Jacques ! Il l'a retrouvée ! Mais l'homme est plus petit que Jean-Jacques, gros mais plus petit. Il se retourne pour lui faire découvrir son visage. Il a bien le bide de Jean-Jacques, mais avec l'air sournois de son voisin Bernard Michel, un gilet beige à poches de reporter ou de pêcheur enfilé sur un pull miteux. En quelques secondes, son visage semble évoluer. Est-ce une illusion d'optique due à la faible luminosité de l'endroit qui fait que son nez ressemble de plus en plus à un groin de porc, puis de sanglier, avec tous ces poils qui y poussent ? Oh, pardon, semble-t-il lui signifier d'un petit geste de la main devant la bouche avant de rouvrir la porte pour s'extraire rapidement de la pièce. Elle veut l'appeler, le retenir, lui demander de la délivrer, mais les bandelettes contractent sa cage thoracique, ses poumons. Aucun son ne sort, la porte claque.

# 11

Avec ses baguettes jetables, Vlado récupère une nouille sur son clavier et la soulève à la verticale pour la plonger dans sa bouche. Il a esquivé l'équipe et sa grande tablée quotidienne au bistrot du coin. Il essaye de se joindre à eux une ou deux fois par semaine, histoire de rester dans le coup, sinon il préfère profiter du gymnase. Le patron du bistrot sait ce qu'il fait avec son menu « spécial DPJ » à douze euros cinquante, rouge à volonté. Un coup à se griller, le rouge à volonté. Vlado a réussi à faire tolérer son style « électron libre » par la hiérarchie. Il se plie à la procédure et accepte de jouer collectif, mais tant qu'il a des résultats, on lui laisse une petite marge de manœuvre pour travailler en solo, un peu comme un inspecteur américain, imagine-t-il. Reconnu comme un spécialiste de Pigalle, il a le droit de prendre de l'avance sur l'affaire du sex-shop. C'est la première fois que le commissaire le laisse commencer seul une enquête sur un meurtre. Il aimerait avoir des résultats avant que ses collègues s'en mêlent de trop près ou, pire, avant que l'enquête ne soit confiée à la Crim' en cas de complication. Il n'a parlé à l'équipe que d'un seul des deux mails reçus ce matin. Le premier contenait, en pièce jointe, le rapport de l'autopsie de Jean-Jacques Marlant. Vlado a bien reconnu, même à l'écrit, le côté pète-sec du légiste. En gros, Jean-Jacques s'est bien fait boxer la gueule à terre par quelqu'un de puissant, a priori un homme, qui s'est mis sur lui à califourchon en enchaînant les gauche-droite. La particularité est que les coups n'ont pas été portés à mains nues. C'est comme si l'individu avait enfilé des poings américains, mais en moins tranchants, moins contondants, comme s'ils étaient enrobés de plastique. Mais qui se balade avec deux poings américains, enrobés de plastique qui plus est ? Le second mail, envoyé par l'identité judiciaire, présentait le résultat de la comparaison des traces papillaires retrouvées sur le jouet sexuel inséré dans la bouche dudit Jean-Jacques avec celles du Fichier Automatisée des Empreintes Digitales. Avec « treize minuties concordantes et dix-huit occurrences », l'identification est sans appel : les traces correspondent aux empreintes de Farid Berkat, mis en cause après la descente de ses collègues du deuxième groupe initiative stupéfiants, dit « cités », dans deux cités du 20$^{e}$, justement. Il est reparti libre après avoir été entendu. Vlado vérifie dans le STIC. Avec la photo, ça se confirme. Ce nom lui disait bien quelque chose. Le gars appartenait à l'équipe de la Cité Piat, un proche de Doom's. Il a déménagé à Clichy-sous-Bois. Il aurait rejoint une autre équipe de cité sur place ? Google Earth indique une zone pavillonnaire qui, vue de haut, a plutôt l'air tranquille, près de la frontière avec Le Raincy. À part quelques délits routiers, il s'est tenu tranquille depuis. Un excès de vitesse de 80 kilomètres, retrait temporaire du permis et les amendes pour conduite sans permis qui vont avec. Sur le fichier des cartes grises, Farid Berkat : Kawasaki 636. Des poings américains enrobés… Pfff, n'importe quoi, des gants de motard avec coques, oui. Vlado se souvient, il s'était mis à table à l'époque avant de s'esquiver du quartier. En échange des faveurs de Doom's, Vlado était intervenu pour veiller à ce qu'il soit bien mis hors de cause. Farid avait bavé, avait joué l'indic. Résultat, seuls les gars de la cité de la Banane ont pris du ferme dans l'histoire. Selim Berkat, le cousin de Farid, en premier. Une histoire de trahison entre cousins, une vraie cata pour un clan kabyle. C'est l'embrouille à la source de la rivalité entre les deux cités. Et pas des moindres : deux morts et un blessé grave en trois ans. On est dans le grand banditisme là, pas dans la délinquance de pacotille. Il doit en toucher un mot à Doom's. Qu'est-ce que ce gars de la cité Piat, qui se serait mis au vert, a à voir avec un sex-shop à Pigalle ? Puis cette histoire de gode rempli d'empreintes, du vrai travail d'amateur. Il n'en laisse nulle part, sauf sur un objet retrouvé, sur – enfin, dans – le mort ? Le mort qui ne l'était pas à son départ, puisque Diallo estime à une heure le délai entre les coups et le décès par étouffement. Les secours l'ont raté de peu. Y'a un truc qui colle pas : s'il porte des gants de motard, comment fait-il pour laisser plein de traces sur le gode ? Ça ne marche pas, sauf si c'est lui qui l'apporte. Il vient pour un échange et ça tourne mal ? Madame le trouve trop rugueux ? Ou bien c'est pour lui ? Le gode n'est plus sous garantie ? Vlado a un rire nerveux, il pivote sur sa chaise et, d'un bras roulé digne du Vlade Divac de la grande époque, balance la boîte de nouilles vide, qui, au terme d'une trajectoire parfaite, vient atterrir en plein dans le mille dans la corbeille à l'autre coin du bureau.

Pour une fois, tout le monde a été rapide. Rapport d'autopsie et comparaison d'empreintes en quarante-huit heures ? Chapeau. Il va pouvoir temporiser avec les collègues, quelques jours, pas plus, le temps de mener sa petite enquête perso sur le cas Farid Berkat et de rendre visite à une vieille connaissance.

*

L'homme en face de lui est monté station Richard-Lenoir. Il porte un pantalon au motif complexe, composé de carreaux bleu, rouge, orange et jaune de différentes tailles, superposés, enchevêtrés.

Il lui sourit. Alioune remarque les chaussettes assorties, bien visibles entre des chaussures chères à bout fleuri et le pantalon coupé très court. Le motif est légèrement différent, mais les couleurs correspondent. La nuance d'orange qu'on y retrouve est également celle de la veste à quatre boutons. Vu son teint clair et son style, un Congolais, adepte de la sape. Il faut reconnaître qu'il a la classe. À Dakar, on se moque des Niaks, ceux d'Afrique centrale, et de leur style tape-à-l'œil, peu raffiné, mais il n'avait jamais vu une tenue à l'assortiment de couleurs aussi sophistiqué. Le sourire du Niak a l'air sincère, aucune trace de moquerie, malgré le bob blanc un peu jauni d'Alioune, son haut de survêt défraîchi et son pantalon de treillis élimé. Il commence, difficilement, à se faire au rythme de la ville, à son atmosphère. À son arrivée à Paris, il n'était pas rare qu'il soit confronté aux ricanements d'autres Africains dans la rue, dans les transports. L'un d'entre eux, un peu plus franc du collier que les autres, avait accompagné son rire d'une petite remarque qui lui avait fourni la clef : « Oh, toi, tu viens d'arriver, tu débarques de la brousse. » Pourtant, il n'a jamais été un provincial, il a passé l'essentiel de sa jeunesse à Yoff, près de Dakar. Mais il a mis du temps à s'acclimater, à saisir les manières et la cadence de la métropole. Même à Dakar, il s'est toujours trouvé un peu à l'écart. Après bientôt deux ans de vie parisienne, beaucoup de codes lui échappent toujours, ce qui provoque parfois l'amusement des plus bienveillants et le mépris des autres. Après la station Quai de la Rapée, la lumière du jour inonde le wagon qui sort du ventre de la ville. Elle rend caduc l'éclairage électrique terne, qui se dissout en elle, submergé. La surface de l'eau sous la structure métallique du viaduc d'Austerlitz est fragmentée en une mosaïque de touches colorées, allant du vert sombre de l'émeraude au jaune doré, clair, presque blanc. Entre les deux, des variations de bleu dont Alioune ignorait l'existence. Il ne voit la Seine que trop rarement, se contente des berges des canaux Saint-Martin ou de l'Ourcq quand il veut flâner au bord de l'eau. C'est son pote Sandro, avec qui il partage sa passion des plantes et de leurs pouvoirs, qui lui a parlé du Jardin des Plantes.

Alioune se repère sur le plan à l'entrée du jardin, pendant que le gardien de la grille d'entrée continue à le fixer avec insistance. Tant qu'il n'a pas de papiers en règle, au moindre contrôle, il risque de se faire expulser. De temps en temps, Issa lui prête les siens, mais c'est de plus en plus rare. Depuis qu'il attend d'être titularisé à la Propreté, il essaye d'éviter les surprises. Il lui a par contre donné quelques conseils : surtout éviter de stresser, se montrer à la fois détendu et affairé, en plein droit d'être là où il est. Le plan indique que le jardin des pivoines se trouve tout près, à côté de l'entrée. C'est leur saison de floraison, les couleurs vives, violet, rose, pourpre, orange, mais aussi le blanc de certaines espèces, le magnétisent ; une odeur à la fois âcre et légèrement sucrée lui prend le nez. Alioune s'efforce de lire le petit panneau devant chaque arbuste. Un autre panneau, plus grand, explique qu'il s'agit de trente-deux pivoines arborescentes offertes au Jardin des Plantes par la ville de Yatsuka, au Japon, où se trouve une pépinière spécialisée. Est-ce que ces pivoines arborescentes originaires de Chine calment bien la douleur ? Est-ce qu'elles endorment comme les pivoines herbacées, qu'on trouve en Europe ? Une décoction de leurs racines tubéreuses aurait permis de le savoir. Pas sûr, par contre, que le gardien apprécierait de le voir les déraciner.

La plupart des adultes avec enfants se dirigent vers la ménagerie, un spectacle d'animaux enfermés dont l'intérêt lui échappe. Il distingue le squelette d'un dinosaure à travers les vitres de la galerie de paléontologie. Mais il est venu pour les plantes. La galerie de botanique est un bâtiment tout en longueur, dont le centre, qui s'étend sur une cinquantaine de mètres, relie deux extrémités proéminentes comportant chacune une entrée. La première entrée, fermée, est chapeautée par l'inscription cryptogamie, la seconde, ouverte, est sous le signe de la phanérogamie, des mots mystérieux qu'Alioune ne comprend pas. La jeune femme à l'accueil a l'air de s'ennuyer profondément dans l'entrée déserte. Elle est presque étonnée de voir quelqu'un s'acquitter des quatre euros du ticket d'entrée. Quand il découvre la galerie complètement vide, il comprend mieux son étonnement. Un panneau indique que l'herbier du Jardin des Plantes est le plus ancien du monde. Les plantes pressées contre le papier, conservées ainsi pendant des décennies, parfois des siècles, dessinent une sorte de calligraphie, leurs tiges, leurs nœuds et leurs pétioles forment des arabesques mystérieuses, évoquent les écritures saintes, reproduites, couchées sur le papier par le marabout. Les plantes étant créées par Dieu, les textes qu'elles forment ainsi auraient-ils le même pouvoir mystique que sa parole ? Alioune se sent un peu largué : depuis le temps que les plantes l'intéressent, il aurait dû savoir que le papier utilisé doit être non acide et que les informations sur le lieu, la date et l'environnement de la récolte reportées sur la planche sont aussi, voire plus, importantes que l'échantillon de plante. Tenu à l'écart des insectes et de l'humidité, l'échantillon peut être conservé presque indéfiniment. Pas moins de huit millions de planches sont conservées dans le bâtiment, classées et numérisées. Pas comme les poudres de plantes suspectes qu'il aurait eu du mal à distinguer, si le féticheur n'avait pas noté, au feutre, à même les sachets, de quoi il s'agissait. En même temps, le féticheur, il sait ce qu'il fait : si les plantes étaient identifiables, il pourrait se faire court-circuiter.

En tout cas, la poudre verte appelée « pas couler » avait bien marché pour la traversée de

Laâyoune aux Canaries. Mais peut-être était-ce le gri-gri confectionné par Sérigne Aziz attaché autour de sa taille qui l'avait protégé. Les Marabouts des Baye Fall se méfient des féticheurs et de leurs potions miracles. Leurs talismans et leurs gris-gris en cuir ne contiennent que des versets du Coran écrits sur de petites feuilles de papier pliées, ou réduites en poudre. La poudre « trouver boulot » avait également marché. Le féticheur lui avait dit que n'importe quel interlocuteur, rencontré dans une situation qui s'apparente de près ou de loin à un entretien, boirait ses paroles comme du petit-lait. Il ne lui avait pas précisé que, sans papiers, il n'aurait jamais accès à un entretien digne de ce nom. Quoi qu'il en soit, chaque fois qu'une opportunité de petit boulot non déclaré s'est présentée, il s'est mis un peu de poudre sous la langue et s'est systématiquement fait recruter. Au piquet de grève, les syndicalistes lui ont expliqué que le système entier tenait grâce au travail des sans-papiers comme lui. Il aurait tant aimé faire de l'étude des plantes son métier, devenir botaniste. Il a commencé à se renseigner : cinq années. C'est le temps d'études nécessaire après le bac pour un master de biologie végétale. Il en est bien loin. Il est sûr qu'avec son expérience intime, sa connexion avec le monde des plantes et les méthodes scientifiques enseignées à l'université, il aurait fait des miracles. Le meilleur des deux mondes, en somme.

Alioune se rend compte que l'essentiel de l'herbier se trouve dans les étages supérieurs auxquels il n'a pas accès. Les quatre euros qu'il a donnés sont pourtant son budget nourriture pour la journée. Une longue vitrine présente tout de même les étapes marquantes de quatre siècles de collection depuis la création du « jardin des plantes médicinales ». Alioune se fige devant une planche d'herbier. C'est elle. Il ne s'attendait pas à la retrouver là, cette plante qui l'a tant marqué. Il ne parle que très peu de l'expérience qui a bouleversé son enfance. Avant même d'entrer dans l'adolescence, son excès d'imagination, son côté « dans la lune » a vite fait dire à certains villageois Lébous de Yoff, engrainés par la deuxième femme de son père, qu'il était possédé par un tuur, un génie en déshérence. Une cérémonie du ndoep a été organisée pour fixer le tuur sur un autel. Une chèvre a été sacrifiée et une femme âgée, ancienne possédée, lui a administré une potion. Durant ses derniers instants de lucidité, il se souvient du visage triste de Sokhna, son amie et voisine albinos, dont il aurait bien voulu faire son amoureuse, poussé par les premiers élans de la puberté. Elle le verrait désormais comme un fou-malade, un dérangé, pour qui on sent de l'affection, au nom des souvenirs d'enfance, mais envers qui on éprouve surtout de la pitié. Il en a vu de toutes les couleurs pendant près de vingt-quatre heures. Les images et les sons horrifiants le poursuivent encore aujourd'hui dans ses rêves. À l'âge de seize ans, quand des rumeurs du même type ont circulé dans le voisinage, il a devancé les siens en quittant son foyer pour aller vivre sur les plages, avec les marginaux. C'est l'un d'entre eux, réputé comme l'un des plus grands drogués de Dakar, qui lui a suggéré qu'il s'agissait probablement de l'herbe du diable, surdosée. À petite dose, lui avait-il expliqué, en infusion ou en poudre, fumée dans une cigarette, le datura a un effet stimulant qui rend éloquent et permet même de lutter contre l'asthme. « Mélangé au yamba, ça s'appelle le green dragon », avait-il ajouté avec un sourire inspiré.

*Datura innoxia*, peut-on lire sur l'étiquette dans l'angle de la planche. Récolté par Théodore Monod au Tchad en 1966. Décidément, cette plante tropicale se trouve facilement à Paris, des herboristeries jusqu'au musée. Sorgho, manioc, saka-saka, dans la section de la vitrine consacrée aux plantes alimentaires. Le continent n'a pas seulement fourni des ressources, de la chair à canon et de la main-d'œuvre à la France, il a en plus contribué à sa renommée scientifique. Des cartels fixés au mur présentent quelques-uns des voyageurs-botanistes qui ont consacré leur vie au progrès de leur science entre le début du XIXe siècle et le milieu du XXe. Ainsi, Benjamin Balansa a écumé les environs de Mostaganem en Algérie pour y répertorier toutes les plantes, Henri Lecompte est revenu de sa mission dans la forêt tropicale gabonaise avec un traité sur le cacaoyer, et Auguste Chevalier a profité de la « pacification » du Soudan français par la capture de Samory Touré pour en balayer la brousse. Alioune est persuadé que tous ces savants étaient mus par une sincère volonté de connaître les plantes, même s'ils ont surtout aidé à légitimer les conquêtes coloniales. À sa sortie, la fille du guichet répond à peine à son salut, trop absorbée par le clip de Rihanna qui défile sur son portable.

# 12

Doom's joue à domicile dans l'arrière-salle du *NBC, New Braised Chicken*, éclairée par une fenêtre en hauteur qui donne sur une paisible cour intérieure végétalisée. Son iPhone lui suffit amplement pour gérer à distance ses différentes activités. Awa, la serveuse, le débarrasse de son assiette et lui apporte un thé à la menthe. À sa demande, elle a attaché ses extensions blondes en un gros chignon, pour un look plus clean, professionnel. Quand il a découvert le concept économique de la diversification, il a tout de suite su. Une chance qu'il soit tombé pour quelques broutilles à l'époque. Contrairement à l'écrasante majorité de ses codétenus, il a décidé de s'en sortir par le haut. Pas besoin de jouer les chauds en taule, sa réputation et ses connexions l'ont précédé. Quatre ans et des poussières, transformés en trois pour bonne conduite. Le temps de valider un bac ES et un BTS de gestion. Un petit pactole planqué bien au chaud en guise de motivation pour passer à la pratique dès sa sortie. La diversification peut avant tout être géographique. Ça tombait bien, les perspectives de croissance au Sénégal ouvraient les portes aux jeunes de la diaspora. Le plus dur était de trouver comment charger les 4x4 de luxe aux numéros de série effacés dans les conteneurs au Havre. À Dakar, une grosse liasse de CFA suffisait pour les débarquer. Ceux qui n'étaient pas revendus à l'élite locale allaient constituer la flotte de Sahel Trips. Une agence touristique inter-Sahel, qui accessoirement transportait quelques touristes. Surtout des copains qui en profitaient pour découvrir Mopti, Tombouctou, la Mauritanie et le Sahara Occidental. Mais aussi ceux des partenaires, colombiens, brésiliens et nigérians pour la plupart, qui voulaient prendre connaissance des itinéraires proposés. La poudre dans un sens, les voitures volées dans l'autre : Sahel Trips a vite prospéré. À son retour, la diversification s'est poursuivie dans la restauration, un sushi-Bar, avec un vrai maître à sushis japonais, et le fast-food *NBC*. Quand le goût franc et généreux du poulet braisé à l'africaine rencontre la classe épurée de la métropole mondialisée... Avec un secret : la marinade. Faire mariner les poulets, voilà la clef. *NBC*, en block letters argentées sur un fond de béton ciré, loin des enseignes bariolées, des fautes d'orthographe et des clichés. Le grill au charbon de bois dès l'entrée plonge d'emblée au cœur de la bonne odeur fumée. La salle principale, bien aérée, positionne le client en retrait dans une ambiance moderne, presque aseptisée, tout en camaïeu de taupe et de gris. Il peut se concentrer sur l'essentiel, un poulet fermier hallal, élevé en liberté, avec ses sauces du jour, accompagné de riz, d'alloco ou d'attiéké. L'arrière-salle, plus cosy avec ses tables basses et ses canapés, est réservée à l'équipe et aux VIP. Awa, une des ex de Doom's, période boulimique préincarcération, ajoute sa propre touche au standing de l'établissement. Surnommée Beyoncé Coulibaly par ses copines pour sa plastique et ses faux airs de diva, elle ne laisse pas insensible une grande partie de la clientèle masculine. Il ne serait pas contre un petit extra avec elle en souvenir du bon vieux temps, et elle non plus. Mais il est revenu du Sénégal marié religieusement et s'efforce de renvoyer une image d'homme respectable à ses équipes.

Awa a fini de débarrasser les deux seules tables du service de midi. Dans ce quartier, qui reste malgré tout populaire, les quinze euros demandés pour un demi-poulet, même fermier, même hallal, entraînent une sévère sélection des clients. Ce serait embêtant, si le chiffre d'affaires réel avait une quelconque importance. Ce sera le cas un jour, quand la stratégie de reconversion de Doom's sera entrée dans sa phase finale. À ce moment-là, il sera temps de réévaluer la politique des prix.

– T'as besoin de quelque chose d'autre, Doom's ?

– J'ai juste un rendez-vous. Tu m'envoies le mec quand il arrive ?

Vlado pousse un sifflement admiratif en pénétrant dans l'arrière-salle. Il inspecte les lieux du sol au plafond : « Ah ouais, carrément ! » Avant une poignée de main qui se commute en accolade chaleureuse, il remarque les trainers Weston noires et le polo Dolce & Gabbana à motifs gris ton sur ton de son ancien complice.

– Presque aussi classe que toi, ton restau.

– On essaye, on essaye. Awa, lance un demi-poulet pour notre ami, s'il te plaît.

– Non merci, j'ai déjeuné. T'as une belle petite affaire, dis donc. Avec tout ce que tu fais à côté, tu dois plus savoir où donner de la tête, non ?

– Faut savoir s'entourer, déléguer… Tu sais ce que c'est. On essaye de fidéliser une clientèle de qualité, on fait pas mal de ventes à emporter et des livraisons en soirée. Qu'est-ce qui t'amène ?

Sans tergiverser, le lieutenant du deuxième DPJ expose les éléments envoyés par l'Identité judiciaire : Jean-Jacques Marlant, 51 ans, mort étouffé dans son sang avec un gode en plastique dans la bouche couvert des empreintes de Farid. Puis demande à Doom's si Farid bosse toujours pour lui. Doom's reste impassible. Il fait mine de boire un peu de thé pour se donner quelques secondes de réflexion, mais le verre vide ne rend que quelques gouttes amères de menthe trempée.

– Il fait quelques bricoles pour nous de temps en temps. C'est un garçon qui s'est assagi. Il bosse dans la sécurité privée maintenant, pour les bailleurs sociaux. Ça serait dommage qu'il perde son boulot.

– Son boulot ? Vu c'qu'on a, il risque de perdre beaucoup plus que son boulot, non ?

– T'oublies vite, on dirait. Il vous a pas mal aidés pour faire tomber les gars de la Banane, si je me trompe pas. C'est ta manière de le remercier ?

– Je me suis arrangé pour qu'on le laisse tranquille après ça et pour qu'il garde un casier vierge, c'est déjà pas mal, non ? C'est pas moi qui l'ai fourré dans ce merdier du sex-shop que je sache.

Doom's n'apprécie pas le ton de la remarque et son arrière-goût de reproche, voire de menace déguisée.

– Écoute, nous deux, ça remonte à quoi, sept, huit ans ? On s'est rendu des services. Si cette histoire m'éclabousse, c'est pas bon pour toi. Tu peux te retrouver mouillé.

– Si ça tenait qu'à moi… Tu sais que je suis pas seul sur un dossier, j'peux pas me griller comme ça. J'ai déjà retenu l'info… Je peux encore faire un peu traîner, temporiser, mais d'ici deux-trois jours ça va remonter.

*

– Issa, Kotori, Kotori, Issa.

– *Konnichiwa.*

– *Konnichiwa*, répond la frêle jeune femme en serrant timidement la main d'Issa, qui a enlevé son gant droit pour l'occasion. Elle semble surprise de rencontrer un Africain qui sait lui dire bonjour dans sa langue. Elle ne sait pas qu'Issa a eu régulièrement affaire à des médecins et infirmiers japonais, coopérants au dispensaire de Podor, dans le nord du Sénégal où il a passé son enfance.

Avec Denis, Issa est sûr de connaître le seul kiosquier qui prend des cours de japonais sur son lieu de travail, et qui dispense avec pertinence ses remarques sur l'actualité, à la fois cyniques et clairvoyantes, souvent teintées d'une pointe d'ironie. Ainsi, il n'est pas rare qu'en arrivant Issa trouve un groupe de trois, quatre personnes en pleine discussion enflammée. Comme dans une agora citoyenne, des chômeurs érudits échangent des arguments avec des journalistes de presse écrite, des metteurs en scène connus essayent de raisonner des précaires énervés et Issa a même reconnu un député qu'il voit régulièrement à la télé. Denis les traite tous avec égalité. Il n'hésite pas, du jour au lendemain, à se montrer très sec avec ceux qui utilisent leur célébrité comme un argument d'autorité. Une attitude qui rappelle à Issa la citation répétée en boucle par Monsieur Ba, son prof de philo en terminale à Dakar : « Ôte-toi de mon soleil. » C'était la réponse de Diogène le Cynique quand, devant la jarre qui l'abritait, Alexandre le Grand lui avait demandé ce qu'il pouvait faire pour lui.

Aujourd'hui, il n'y a pas d'agora, alors les deux amis commentent l'actualité politique et footballistique, comme à l'accoutumée quand Issa prend sa pause au kiosque. Puis il observe un changement dans l'expression de Denis, qui devient grave.

– J'ai oublié de te parler d'un truc. T'as pas de nouvelles de Manuela ?

C'est au tour d'Issa de perdre son sourire.

– Non, non, elle m'a jamais rappelé, elle a sans doute d'autres choses à faire.

– Oui, sans doute, regarde ça, dit-il en lui présentant l'article du *Parisien* de la veille.

Issa comprend qu'il s'agit de Jean-Jacques.

– Tu crois que c'est lié à cette histoire de dette ?

– Je sais pas quoi te dire. Ce que je sais, c'est que je l'ai vu se mettre dans une embrouille quand il cherchait du fric pour sa boutique.

Issa fixe Denis, lui fait comprendre qu'il peut pas en rester là. Denis revient sur la rencontre entre Jean-Jacques et Cyril. Il lui explique comment la prise de contact s'est déroulée devant ses yeux, pour déboucher sur un rendez-vous avec Doom's, puis lui parle des engagements que Jean-Jacques n'a pas honorés.

Doom's. Ce nom dit quelque chose à Issa. Si c'est bien le gars qu'il croit, il l'aurait même déjà croisé dans le quartier.

*

Ce soir, c'est Farid qui est au volant du monospace Renault Scenic bleu marine siglé police privée GPIS. À côté de lui, Thierry, ancien militaire qui s'ennuyait pendant sa préretraite, à l'arrière, Sophie, ex-policière municipale à Bondy et Jimmy, un Réunionnais viré de la police à cause d'un « petit souci disciplinaire ». Ils ont reçu un appel radio du centre opérationnel rue Berthier. Un habitant de la cité des Orgues de Flandre a appelé pour dénoncer les jeunes qui font un barbeuc sur la dalle et du tapage nocturne. La voiture remonte le boulevard de la Villette et la sueur perle sur le front de Farid. Il a déjà reçu deux appels en absence de Doom's. Il ne veut et ne peut pas lui répondre devant ses collègues. Ça fait des jours qu'il ne lui a pas donné de nouvelles du gros du sex-shop, il redoute sa réaction, ne sait pas par quel bout aborder l'histoire. En plus, le gilet pare-balles en Téflon lui donne chaud. Trente ans pour décrocher un boulot à la fois bien payé et légal, Lætitia était ravie quand il lui a annoncé la nouvelle. Enfin de la stabilité pour finir de payer les traites du pavillon. Doom's l'a aidé pour racheter d'un coup dix ans de crédit en blanchissant ses économies par la même occasion. Il est vraiment doué pour transformer l'illicite en business régulier. C'est encore lui qui, par il ne sait quel miracle, lui a permis de s'en sortir avec un casier vierge après les descentes et même d'être recommandé pour son job. Dire qu'il risque de perdre ce plan en or. Il sait qu'il va le décevoir. Au moment où ils s'approchent d'un feu rouge vers Jaurès, son portable vibre à nouveau. Surpris, il manque d'emboutir la Twingo devant lui. Quand il se gare au pied des tours qui un jour ont été futuristes, il entend des gars crier, les défier et distingue deux feux sur la dalle. Ce n'est pas juste un barbeuc. Son portable vibre à nouveau, ses mains tremblent sur le volant.

– Les gars, c'est peut-être plus prudent que je reste dans la voiture, au cas où il faut décarrer en urgence.

– C'est comme tu veux, lui lance Sophie, le regard partagé entre étonnement et mépris.

Elle est déjà sortie, sa torche Maglite de cinquante centimètres, seule arme autorisée, à la main. Les trois collègues s'avancent dans la cité. Farid a honte. Ses collègues l'apprécient justement parce qu'il est toujours en première ligne quand ça va au carton. En plus, ils se doutent de son passé de gars de cité du 20^e^, savent que le 19^e^ est proche, qu'il a toujours quelques noms de grands frères à citer pour calmer le jeu. Ils ne vont pas comprendre. Ils reviennent en courant, Jimmy arrive en premier.

– Vite, faut qu'on prenne les boucliers dans le coffre, les gars nous attendaient. On peut pas décamper, on a prévenu la BAC, faut les attendre.

Il doit faire le vide, dépasser la panique qui l'a pris, oublier les appels de Doom's. Au moment où, après s'être fait violence, il sort de la voiture pour prendre son bouclier, deux voitures chevauchent le trottoir. Un type de la BAC sort et se rapproche d'eux, Flash-Ball au poing. « C'est bon, on prend le relais. » Tout le monde souffle. Il sait que son image au sein du groupe risque de pâtir de cet épisode. Comme si ça changeait quelque chose… Ça frémit de nouveau dans sa poche, un SMS.

C'est encore Doom's.

> Alors, c'est quand que tu pars pour le bled avec ta femme

Il sait.

# 13

Issa a déjà entendu parler de Doom's au comptoir de *La Teranga*. Ce bar de la rue de Ménilmontant réunit une partie des Sénégalais du 20$^{e}$, ceux qui n'ont rien contre une mousse ou un ti-punch. Malgré quelques attraits évidents, l'endroit est trop près de chez lui pour qu'il le fréquente assidûment. Quitte à choisir, il préfère, sur son temps libre, les réunions avec ses condisciples Baye Fall, où il peut également discuter en wolof, mais aussi cultiver la spiritualité collective. Amené à passer devant l'établissement pour rentrer chez lui, même s'il essaye de garder ses distances, il ne peut pas non plus décliner toutes les invitations de ses compatriotes. Une fois, entre deux tournées, ces derniers ont convoqué l'exemple de Doom's pour parler des différences entre les jeunes nés en France et ceux nés au pays. Retourné dans le pays d'origine de ses parents pour y faire des affaires, il était cité comme l'exception qui confirme la règle : un gars qui en impose parmi les jeunes d'ici, tout en se pliant aux traditions du pays, comme le respect des anciens, à travers des formules de politesse en wolof bien maîtrisé, les railleries traditionnelles, ou encore l'humilité face aux plus démunis. Quand il l'a aperçu furtivement, au volant de sa Smart, après qu'un pilier de *La Teranga* l'a désigné, il a pourtant eu l'impression d'avoir affaire à un de ces m'as-tu-vu qui vont flamber au bled pendant leurs vacances. Parmi eux, deux catégories : ceux qui flambent à crédit, qui s'endettent pour épater la galerie, avant de retrouver la misère de leur HLM à leur retour en France et ceux, minoritaires, qui font étalage de leur véritable niveau de vie. Il y a fort à parier que Doom's fait partie de ces derniers. Pour ce qui est des valeurs traditionnelles qu'il aurait intégrées, Issa est bien décidé à vérifier par lui-même.

Il ne sait pas comment entrer en contact avec lui, mais un gars influent comme lui ne devrait pas être dur à retrouver dans son quartier. S'il correspond à la description des habitués de *La Teranga*, il ne refusera pas d'accorder quelques minutes à un compatriote.

Issa remonte sa rue, la rue des Cascades, qui serpente en direction de la rue des Envierges où se trouve une des entrées de la cité Piat/Faucheur, qui domine le parc de Belleville. Il apprécie l'aspect village, mélange d'anciennes boutiques, de maisons de plain-pied et d'immeubles plus modernes accrochés à flanc de colline. Il est quasi certain que Manuela fréquente certains de ces bars et de ces boutiques d'artistes. Il se verrait bien y faire un tour avec elle. Pour ça, il faudrait déjà s'assurer de ne pas tomber sur Julie. Il se projette, alors que depuis plusieurs jours il ne tombe que sur sa messagerie. Les gouttes déposées sur le sol bitumé pendant sa sieste sont en train de s'évaporer ; elles accompagnent son trajet de cette odeur d'après la pluie. Quelques sourires de visages connus répondent aux siens quand il passe devant les mini-terrasses des cafés de la place Henri-Krasucki. Bien qu'Issa soit déjà venu avec Julie contempler la vue du haut du parc, il ne voit pas où se trouve précisément l'entrée de la cité. Alors qu'il passe devant la terrasse à moitié pleine du café qui trône au milieu de la place, il entend « Hey ! Rasta ? Ganja, ganja ? » Il se retourne pour voir deux jeunes d'à peine seize ans qui l'interpellent. Même si ça ne l'enchante pas, il est habitué à ce qu'on l'appelle rasta.

– Alors, tu veux quoi, rasta ? lui lance Fouad.

– Je suis pas rasta. Vous savez où je peux trouver Doom's ?

Les deux amis se regardent. C'est Modibo qui prend l'initiative de répondre.

– Je connais pas de Doom's.

– Il conduit une Smart.

– Nan, connais pas.

Les yeux des deux gamins ont parlé : ils savent très bien de qui il s'agit. Il décide de s'asseoir, lui aussi, sur un banc et d'observer les va-et-vient du coin, que ce soit ceux des clients du café ou bien ceux des lascars qui traînent sur la place. Toute cette faune a l'air de cohabiter pacifiquement. L'un des deux petits, celui qui dit ne pas connaître Doom's, est au téléphone, il lui jette des regards en coin. Il raccroche puis se dirige vers lui avec son acolyte.

– Il y a quelqu'un qui va venir te chercher pour t'amener voir Doom's.

– Tu peux pas m'emmener le voir, toi ?

– Non, moi je dois rester là.

– Y'a Rachid qui arrive de toute fa... ajoute Fouad avant de se prendre un coup de coude de Modibo, qui se dit que pour quelqu'un qui prend des pseudos, Fouad n'hésite pas longtemps avant de balancer un nom sans raison.

Issa se retrouve à attendre en silence devant les deux gamins qui se donnent des airs de durs alors qu'il pourrait être leur père.

– T'es Malien toi, non ? lance-t-il pour faire un peu de conversation.

– Je suis rien du tout.

– Français alors ?

– Pff, rien du tout j'te dis.

Après plusieurs minutes à sourire devant les regards obliques des deux ados, Issa voit arriver un grand type dégingandé d'à peu près son âge avec un bob sur la tête, sûrement le Rachid en question, qui lui demande de le suivre sous une voûte de la rue des Envierges, donnant sur un passage nommé villa Faucheur.

– Tu lui veux quoi à Doom's ?

– Je pense qu'il peut m'aider à trouver une jeune femme que je recherche.

– On n'est pas à « Perdu de vue » ici, mon pote, Doom's, il a autre chose à faire, elle s'appelle comment la fille ?

– Manuela.

– Ça me dit rien du tout, viens c'est par là, dit Rachid en entrant dans un hall d'immeuble dont les quelques centimètres carrés qui échappent aux tags laissent deviner qu'il était blanc.

Issa emprunte un couloir, en suivant l'homme, qui s'arrête après un renfoncement, pour se retourner d'un coup.

– Tu m'excuseras, mais si tu veux continuer, il va falloir que je te fouille.

Issa ne s'y attendait pas, il se demande si se laisser fouiller ne serait pas interprété comme un aveu de faiblesse susceptible de l'entraîner dans les chemins sinueux de la mise à l'amende.

– Que tu me fouilles ? Pour quoi faire ? Tu me prends pour un keuf ou quoi ? T'as déjà vu un keuf avec un accent cainf comme le mien ?

– J'ai tout vu dans ce domaine, mon gars, si t'es clean, t'as pas à t'inquiéter.

Issa décide de se laisser faire, il n'a de toute façon rien à cacher, mais d'instinct ses muscles se tendent, prêts à déclencher une riposte au cas où les choses dégénéreraient.

Au bout du couloir, Rachid s'arrête devant la porte de ce qui pourrait être un local à poubelles, puis l'ouvre en tirant sur une barre horizontale.

– Attends-moi là.

– Quoi ! ? Je rentre pas là-dedans moi.

– Attends-moi là, j'ai dit ! répète le type en poussant Issa, qui se retrouve à l'intérieur de la pièce.

Sans prendre le temps de réfléchir, Issa a le réflexe de placer son pied dans l'ouverture, juste avant que Rachid ne ferme la porte, sur laquelle Issa envoie ensuite son épaule et tout son poids. La porte s'ouvre en frappant le visage de Rachid, qui répond d'un crochet au foie. Plié en deux par la douleur, Issa est juste à la bonne hauteur pour envoyer sa tête dans le bas-ventre du grand gars, et, à l'aide d'une prise de lutte, réminiscence improbable mais fort heureuse de la pratique de ce sport dans son enfance, il agrippe et tire vers le haut l'intérieur des deux genoux de son adversaire, qui tombe à la renverse. Profitant de sa position dominante, il fait pivoter d'un quart de tour l'homme, dont la tête vient se positionner entre la porte et son cadre. Il ne lui reste plus qu'à la claquer pour asséner un double coup sur les tempes de Rachid, qui aussitôt tourne de l'œil.

En quittant la cité, Issa jette un regard furieux aux deux jeunes, toujours sur leur banc. Fouad est en train de murmurer les paroles du morceau

*Paris* de Rohff, crachoté, tout en grésillements, par son portable.

Issa descend en claudiquant les petites marches escarpées qui longent le parc. Sa main tremblante d'adrénaline posée à l'emplacement de son foie, il a du mal à comprendre ce qui vient de se passer.

Il ne sait même pas à quoi il a échappé. Ce qu'il sait, c'est qu'il a pris des risques inconsidérés. Qu'est-ce que ce type voulait faire de lui dans le local ? Le séquestrer ? Le dépouiller ? Était-ce un test ? Pourtant, il venait de se laisser fouiller. En tout cas, il doit être mal en point, le gars, le coup de la porte n'a pas dû être sans effet. Si le fameux Doom's a bien été prévenu de son arrivée, le moins qu'on puisse dire, c'est qu'il n'est pas tout net.

*

– Voilà, Doom's, le dernier modèle.

Doom's prend le sac Darty et tend un billet de cinquante euros à Fouad.

– Merci, t'as été au taquet sur ce coup-là. Continue le bon boulot et y'en a d'autres qui suivent, hein.

Doom's referme la porte d'entrée et s'installe devant la vue dégagée, dixième étage oblige, de l'appartement de sa mère, pour déballer son nouvel iPhone. Il a détruit le précédent en le jetant contre le mur. Il déteste perdre son sang-froid, quelles que soient les circonstances. Heureusement, il était seul quand il a pété un câble. Il venait d'apprendre la visite-surprise du Sénégalais et l'hospitalisation de Rachid avec un traumatisme crânien. Comment une petite affaire d'extorsion, un à-côté minime de son business, a-t-elle pu prendre une tournure aussi pourrie ? S'il a accepté d'avancer l'argent pour un retour de, quoi, 10 000 – 15 000 euros, c'était surtout pour faire bosser Farid, en souvenir du bon vieux temps, en lui faisant toucher un pourcentage. Grâce à lui, il gagne correctement sa vie, mais entre sa passion pour la moto et son refus de voir sa femme travailler, il cherche tout le temps des petits extras. En bon vieux pote, Doom's pense à lui, mais voilà qu'il merde sur toute la longueur, au point que l'odeur remonte jusqu'au dixième étage de la cité Piat. Le type n'a pas été difficile à identifier. La description de Fouad et Modibo correspondait au profil d'un Baye Fall. Une petite visite à Lamp, le patron de *La Teranga*, a permis de nommer le gars en question. Il n'a même pas eu besoin de mentir pour le convaincre de lâcher le morceau, Issa Dieye avait cherché à le contacter en premier.

Doom's met le téléphone à charger sur le buffet en bois blanc laqué qu'il a acheté pour sa mère. Elle a tenu à garder son HLM, même si elle passe désormais l'essentiel de son temps dans la villa qu'il lui a fait construire sur la pointe des Almadies, en face de l'île de Ngor. Doom's aussi voulait maintenir une base dans le quartier qui l'a vu grandir et qui fait que techniquement, malgré la maison qu'il s'est offerte au Vésinet, où sa femme et lui mènent un train de vie qu'envierait plus d'un bourgeois, il reste toujours un mec de cité.

Doom's a introduit sa puce dans le nouveau téléphone. Il installe Skype pour appeler Farid, qui ne répond qu'à la deuxième tentative. Farid anticipe, prend les devants en expliquant que ça a mal tourné. Alors qu'il rame pour se justifier, la double mauvaise nouvelle, évoquée en langage codé – on sait jamais –, achève de le déprimer : les flics ont son empreinte et un fouineur sorti de nulle part cherche la femme de Jean-Jacques auprès de Doom's. Farid s'échine à le convaincre que, s'il a bien merdé avec le gros, il n'a jamais eu affaire à sa femme. Le ton froid, déterminé mais impassible de celui qui est décidément son patron avant d'être son ami d'enfance – « Tu me nettoies la merde que t'as semée, après, je vois si je peux t'aider » – l'oblige à se ressaisir. Avec ses connexions, les contacts haut placés qu'il a souvent évoqués, Doom's est sans doute son meilleur allié pour sortir de l'impasse. Il peut aussi être son pire ennemi si ses intérêts sont menacés.

*

Farid tire une grosse latte sur sa Camel. Il s'est positionné en face de l'atelier 23 de la Propreté du 20e, rue des Pyrénées. Il a abandonné sa cigarette électronique ; dans la situation où il s'est mis, la clope n'est pas ce qu'il y a de plus dangereux pour sa santé. À deux cents mètres, le commissariat central du 20ᵉ pullule de poulets, qui ne devraient pas tarder à avoir son signalement. Est-ce qu'ils l'ont déjà ? Mieux vaut ne pas pousser le vice jusqu'à se pavaner devant eux pour vérifier. Il est 13 h 30 et les éboueurs en tournée ce matin se mettent petit à petit à sortir, en civil. Il a la description du gars. Les antennes de Doom's ont bien fonctionné pour capter l'information. Il lui a même envoyé sur son portable une photo où l'on peut apercevoir Issa, c'est son prénom, parmi d'autres Sénégalais dans une fête de quartier. Plutôt belle allure, avec son regard franc et ses locks. En tout cas, au moins sur ce cliché, il dégage un certain charisme. Reste à voir la carrure du gars. À en juger par la photo, il est sans doute un peu plus grand que lui, pour à peu près le même poids. Mais toutes ces conjectures ont bien peu d'importance, car au bout du compte, ce qui joue le plus, c'est le mental : des plus costauds que lui, Farid en a envoyé plus d'un au tapis. Voilà le gars qui sort, parmi les derniers. Il aime prendre son temps.

Farid traverse la rue et vient se placer à une dizaine de mètres derrière sa cible. Comme un samedi, la circulation est plutôt dense dans cette partie résidentielle du 20ᵉ. Au fur et à mesure qu'on s'éloigne de la place Gambetta pour s'approcher de la rue de Ménilmontant, les fromageries, les charcutiers-traiteurs et les boulangeries artisanales laissent la place aux dépôts de pain et aux bazars. Issa tourne à gauche rue de Ménilmontant. Toujours un peu trop de monde pour tenter une approche sans risque. Apparemment, il habiterait rue des Cascades, où, avec un peu de chance, il y aura moins de passants. Non. Il continue dans la pente de Ménilmontant. Il ne rentre pas chez lui. Un peu après être passé devant la rue des Cascades, Issa s'arrête et se retourne. Farid, pris dans l'élan de la descente, manque de se faire repérer et rentre chez un fleuriste in extremis. Il se retrouve seul face à une jeune femme aux jolis yeux bleus qui lui sourit en s'essuyant les mains sur son tablier vert, la boutique est déserte. Il se sentirait un peu idiot de ressortir sans rien dire.

– Vous avez des plantes carnivores ?

– Oui, bien sûr, il y a deux espèces qui…

– Non, en fait, je suis contre, je suis végétarien.

De nouveau dans la rue, il accélère le pas pour combler l'avance prise par Issa, qui marche plus vite qu'à sa sortie de l'atelier. Il a l'air aussi plus tonique, moins visiblement cassé par le travail, donc potentiellement plus réactif. Il ne faudra pas lui laisser le choix.

En traversant le boulevard de la Villette pour prendre la rue Oberkampf, Issa manque de rentrer dans une vieille dame. Pas si réactif après tout. Côté 11e l'affluence est encore plus grande, Farid commence à désespérer, quand Issa tourne à droite, rue

Moret. C'est le moment ou jamais. Il sort son spray lacrymogène, lance « Issa », et vide la bonbonne sur le visage de l'intéressé, qui s'est retourné.

*

« Issa ! » Ce n'est pas une voix qu'il connaît. À peine retourné, une douleur atroce envahit ses yeux et son visage. Une gazeuse ! Il distingue à peine un type qu'il ne connaît pas avec un blouson de cuir. « Tu cherches Doom's à ce qui paraît ? On t'a mal renseigné, Doom's, c'est un mec occupé. Il n'aime pas se faire emmerder ». « *Kat sa ndeye*, enfoiré ! » répond Issa en lançant un direct, que le type esquive. Au moment où il tente d'en mettre un deuxième, non content de l'avoir gazé, le gars au cuir sort une matraque télescopique pour la lui envoyer dans l'épaule. Issa vacille, il tourne le dos à son agresseur en sortant son portable. Entre le gaz et le coup sur la tempe, il ne voit presque rien. Il sent un horrible choc sur le dos, une douleur déchirante irradie son omoplate comme un coup de surin. Il devine le nom d'Oumar dans la liste des derniers numéros appelés et lance l'appel. Un coup de pied chassé éjecte le téléphone de ses mains pour le faire atterrir à un mètre, sur le trottoir. Il ne sait pas s'il fonctionne encore ni si Oumar a pu décrocher. Dans le doute, il crie « Ndimbal, à l'aide, je me fais cogner rue Moret. » L'assaillant se précipite sur le téléphone, le met dans sa poche et, d'un coup, se fige.

– Tout va bien, messieurs ?

Une policière en tenue se tient à leur niveau sur sa Mobylette, sa voix faible et aiguë, sa petite taille et sa chevelure volumineuse, comprimée en deux touffes par son casque, lui donnent une allure canine. Farid replie sa matraque contre le dos de son blouson de cuir et la glisse discrètement dans la poche arrière de son jean. Issa, qui n'a jamais fait appel à la police de sa vie, ne déroge pas à la règle.

– On se chamaillait un peu, madame, c'est tout.

La femme regarde avec insistance Issa, ses yeux rouges, boursouflés et les larmes sur ses joues, puis Farid, qui lui offre son plus beau sourire. Elle redémarre au ralenti en continuant à fixer les deux hommes quelques secondes.

– Bon, tu me rends mon téléphone maintenant ?

– T'as cru quoi, que comme t'as rien dit à la keufette, tout s'arrête là ? Déjà tu vas me dire qui t'a dit que Doom's a à voir avec la meuf que tu cherches.

Issa n'a aucune envie de mêler Denis à cette histoire ni de se faire confisquer son téléphone. D'un geste furtif, il plonge sa main dans la poche du cuir de l'homme, qui, plus rapide, l'attrape et lui fait une clef de bras. Il lui envoie le genou sur le nez et, au moment où il sort sa matraque de sa poche et la déplie d'un coup de poignet, Oumar se rue sur lui, projette son épaule contre sa hanche tout en encerclant ses cuisses dans les règles de l'art du plaquage oblique. La tête de Farid vient heurter un potelet de la rue Moret.

Avant de suivre Oumar dans la coloc, Issa récupère son téléphone dans la poche de Farid, qui gît au sol, toujours sonné. Il cherche son portefeuille et prend une photo de sa carte d'identité :

Nom : BERKAT
Prénom : FARID
Sexe : M
Né(e) le : 23.07.1980
à : BEJAIA (ALGERIE)

# 14

Le public amassé autour de la scène du *Comptoir équitable* applaudit la version acoustique de *Get up, stand up*. Les spots d'éclairage et les ouvertures occultées donnent à cette fin d'après-midi des allures de soirée. Xavier s'incline, ukulélé dans la main gauche, puis, de la main droite, il déploie un geste d'hommage à ses trois choristes. Julie ne regrette pas de l'avoir proposé pour la cérémonie de clôture, sa directrice a dansé pendant tout le set. Il n'y a pas à dire, il sait tenir la scène. Elle le voit encore, à l'entrée au lycée, près de Bordeaux, avec sa raie sur le côté et ses pulls choisis par sa mère, puis au moment du bac, avec ses velours côtelés, ses gilets en laine, ses cheveux longs et la barbe savamment hirsute qu'il arbore encore aujourd'hui. Déjà à l'époque, sa petite guitare hawaiienne animait les soirées. La prochaine chanson, *Justicia y Equidad*, est la dernière programmée. Xavier a échangé son ukulélé contre un cajon, sur lequel il s'assied ; il lance la rythmique avec pour seul accompagnement mélodique les voix des choristes. Julie est impressionnée par son accent en espagnol, puis se rappelle qu'il est toujours moins prononcé en chantant. À la fin du morceau, Julie monte sur scène, fait applaudir Xavier une nouvelle fois et demande à tous les membres de l'association ainsi qu'à la délégation équatorienne de la rejoindre. Après les remerciements d'usage, les vœux de réussite pour les projets des uns et des autres, tout le monde se dirige vers le buffet équitable. Xavier retrouve Julie et la délégation équatorienne pour trinquer au saint-émilion. Après les présentations, il lui propose de rentrer ensemble, ce qu'elle accepte.

Julie s'étonne de la familiarité qu'ils ont très vite retrouvée, alors qu'ils s'étaient perdus de vue depuis de longues années. Elle se disait bien à l'époque qu'il avait le béguin pour elle. Elle n'était encore qu'une ado bûcheuse. Elle ne voulait pas trop creuser. Elle se savait plutôt jolie, mais ne faisait pas grand-chose pour se mettre en valeur. Lui avait déjà bien la cote, avec son petit style d'artiste et sa barbe qui le vieillissait.

Après avoir longuement salué sa nouvelle amie équatorienne et pris congé de la directrice, Julie longe le canal Saint-Martin avec Xavier. Ils ont fini la bouteille de saint-émilion à deux, leur langue est déliée. Ils sont ravis d'avoir collaboré sur un projet. Qui aurait pu dire que ça arriverait, dix ans plus tôt, quand elle préparait agro nuit et jour en prépa et qu'il passait son temps à gratter son ukulélé et fumer des joints avec ses camarades de musicologie ? Xavier la félicite d'avoir choisi un métier porteur de sens, alors qu'avec son diplôme elle aurait pu gravir les échelons dans une multinationale. Puis la discussion s'oriente vers l'équilibre que Xavier a trouvé entre la musique et les projets immobiliers qui lui permettent de manger, de boire des coups, de voyager. Là aussi, pour lui, c'est l'artistique qui prime ; c'est bien l'aspect déco d'intérieur, chine, brocante qui l'a le plus motivé. Ce n'est pas essentiel dans le prix d'un appartement, mais dans les quartiers populaires, c'est la petite touche déco qui permet de se distinguer, de viser « la fourchette haute ». Il a dû s'associer à un ami qui lui a appris à bricoler. Bien sûr il est conscient que sans le budget de départ octroyé par ses parents, il n'aurait pas pu se lancer. Mais il a pris de vrais risques avec certains chantiers, en achetant des taudis qui auraient pu être mis en arrêté de péril. Alors qu'ils remontent la rue du Faubourg-du-Temple, les boutiques de fringues ferment l'une après l'autre pendant que le soleil descend derrière eux. Julie lui demande s'il est avec quelqu'un et ça a l'air compliqué : toutes ces filles, toutes ces fins de soirées mélodiques ou dissonantes, mais toujours arrosées ; il aimerait bien se poser. Sur le boulevard de Belleville, les marcheuses chinoises commencent à tenir le pavé, surveillées de près par des macs qui tentent de se faire discrets dans les coins renfoncés. L'une d'entre elles, un peu plus jeune que les quadras usées, semble tiquer sur Xavier. Pendant toute la montée, elle n'évoque pas Issa. Devant chez elle, au moment de faire la bise, il hésite.

*

Issa est étendu sur le canapé du petit deux-pièces de ses compatriotes, rue Moret. Il maintient un Mister Freeze goût cola contre son arcade sourcilière, puis le déplace d'un point à l'autre de son visage en fonction des douleurs qu'il ressent. Il frissonne : Cheikh vient poser un tilapia entier congelé dans son emballage plastique sur sa cuisse dénudée qui commence à enfler.

– Eh, mais je vais sentir le poisson !

– Vaut mieux sentir et guérir… y avait plus de glaçons, désolé.

Oumar a lancé une piste de chants Baye Fall sur l'ordinateur. Les invocations de Dieu sonnent comme un remerciement de s'en être tirés. Alioune est agenouillé devant sa malle métallique, ouverte contre le mur et alignée sur celles de Cheikh et Oumar. Issa se dit qu'au niveau du rangement ils s'en tirent bien, à trois, dans cet espace exigu. Alioune sort un carton rempli de petites boîtes et de sachets en plastique étiquetés, puis un petit mortier en marbre avec son pilon. Il allume le petit réchaud, habituellement utilisé pour préparer le thé, sur lequel il dispose une théière en tôle émaillée avec un peu d'eau. Il sort d'un sachet des lamelles brunes, entortillées. Issa, qui l'observe d'un œil, reconnaît l'écorce de séhèv dont les feuilles infusées donnent le kinkeliba. Alioune dispose les lamelles dans la théière, dont l'eau commence à bouillir. Dans le mortier, il jette par pincées, qu'il a l'air de compter, une poudre végétale verte et trois grandes feuilles séchées. Il commence à piler en rythme, en s'arrêtant régulièrement pour verser un peu du contenu de la théière.

Cheikh, poussé par sa curiosité, estime que le temps de répit est passé.

– Mais, le type… vous l'avez juste laissé ? Même pas prévenu les flics, rien ?

Le regard des trois hommes lui donne la réponse, qui ne le satisfait pas.

– Vous auriez dû au moins l'obliger à monter… On l'aurait questionné.

Oumar plisse les yeux en reculant la tête, une mimique qui chez lui veut dire : « T'as dit une connerie. »

– Oui, super, comme ça tous les voyous d'une cité savent où nous retrouver. Tu veux pas carrément les inviter à prendre un thé ?

Issa serre les dents après avoir trop appuyé le Mr. Freeze sur l'arête de son nez. La contraction lui donne un ton plus exaspéré qu'escompté.

– S'ils nous cherchent, c'est pas très dur de… Le type, là, il m'a bien trouvé. En tout cas, il m'a pas raté.

Alioune continue à touiller en silence la mixture qui a pris l'allure d'une pâte verdâtre dans le mortier. Cheikh s'assied à côté de lui pour rouler dans la petite soucoupe en bois en forme de pirogue. Il a observé l'humeur d'Alioune changer, quand il a demandé pourquoi Issa et Oumar n'ont pas prévenu la police. Même si, par pudeur, son coloc n'en parle jamais, Cheikh sait que son statut de sans-papiers lui pèse de plus en plus.

– Alors, ça donne quoi, la lutte avec le collectif, à l'agence ? Tu ne nous en parles plus.

– On a arrêté... Il y a plus de grève, quoi... Il y a encore un peu de monde sur place, le temps de s'organiser, mais ils vont dégager. La préfecture a promis des papiers à vingt gars, les plus engagés. Ils vont lever le piquet, comme ils disent, tout s'est dégonflé. C'est bon pour quelques-uns et tant pis pour les autres, quoi.

– Et maintenant ?

– Peut-être que je vais trouver un patron qui va m'aider... ou une fille à marier... Avec les plantes, là, je vais la marabouter et c'est gagné.

Son sourire, tentative forcée de se montrer léger, ne cache pas l'émotion, que Cheikh décèle dans ses yeux. Il se demande bien comment Alioune va se démerder, mais pas question de le décourager. Il profite du fait qu'il a arrêté de piler pour lui prendre la main.

– Un beau gosse comme toi... T'as pas besoin de les marabouter pour les faire tomber. Je m'inquiète pas, tu vas te débrouiller, Inch'Allah. Tant que t'es ici avec nous, personne va t'emmerder.

– C'est prêt ! annonce Alioune en se levant.

Il se rend au chevet d'Issa et se met à étaler la pâte sur son visage. Il commence par les endroits visiblement tuméfiés, puis le recouvre intégralement, du front au menton, tout en le massant du plat de la main. En ouvrant les yeux, Issa croit voir les lèvres d'Alioune bouger, comme s'il murmurait une prière.

*

Le bide de Vlado se tord comme chaque fois que son cycle de sommeil n'est pas respecté. Le jour pointe à peine sur le petit quartier pavillonnaire de Clichy-sous-Bois. Cet entre-deux, trop terne pour être vraiment résidentiel mais sans la verticalité brute et imposante des tours de cité. De petites maisons modestes en côtoient d'autres, plus cossues. Beaucoup de Portugais et de Gitans sédentarisés dans ce quartier, lui a-t-on dit. Vlado appréhende l'issue de la descente, même si a priori il la connaît. Sur son scooter, il trempe dans un gobelet de café la barre de céréales que lui a filée un gars de la BRI. Le gars a maintenant rejoint ses collègues pour enfiler son gilet pare-balles. Habitués à intervenir aux aurores, ils sont bien organisés. C'est lui qui les a sollicités. Quand sa capitaine a découvert l'existence du mail de l'Identité judiciaire concernant Farid Berkat, il a tout de suite pris les devants, pour montrer qu'il n'avait rien à cacher. Le suspect a des liens avec le grand banditisme, autant ne pas prendre de risques. Son regard s'arrête sur un corbeau qui semble le fixer. Il le fixe en retour, mais à ce jeu-là, le volatile semble plus fort… Pfff, une girouette en forme de corbeau, un coup des Gitans, ou des Portugais. Le pavillon où Farid vit avec sa femme est à deux rues, une distance de sécurité nécessaire pour ne pas se faire repérer. C'est parti, les flics de l'antigang sortent de leur fourgon avec leurs tenues d'intervention en enfilant leurs cagoules. Tout ça pour ça… Vlado a un temps songé rejoindre une unité d'élite, mais il aurait eu moins de marge pour ses petits arrangements avec la procédure. Et puis il a toujours préféré être le gros poisson dans une petite mare. Six heures pile, le top départ est donné. La colonne démarre au pas de course. La porte, blindée, résiste à une demi-douzaine de coups de bélier avant de céder. Une dizaine de collègues s'engouffrent dans le pavillon, l'un après l'autre.

Léger suspens, le temps de s'assurer que Doom's a bien passé le relais. Vlado s'est bien pris la tête pour le contacter, en allant dans un café Internet, loin de chez lui, pour écrire sous pseudo dans un forum du PSG. Ça y est, le capitaine de la BRI ressort bredouille du terrier, RAS, comme prévu.

*

En entrant dans Champigny, Farid sent le poids de Lætitia, à moitié endormie sur ses épaules. Chaque fois qu'il ralentit, ses mèches blondes se rabattent sur sa visière. Il aurait tout donné pour qu'elle ne subisse pas les conséquences de sa foirade. Il a essayé de l'épargner un maximum, en ne l'emmenant qu'à la dernière minute. Durant la nuit, il a évacué tout ce qu'ils avaient de précieux. Deux trajets bien pleins avec la camionnette d'Ange ont fait l'affaire. Sur ce coup-ci, c'est pas sa partie démon que son vieux pote a dévoilée.

– Ça va chérie ? On est bientôt arrivés.

– Hmm…

Il lui a pourtant bien dit qu'il la réveillerait tôt, qu'elle devait y aller mollo sur les tranquillisants. Les nouvelles ont été dures à encaisser. Tout quitter, pour un temps de cavale indéterminé, pour un recouvrement de dette qui a mal tourné. Mais comment, mal tourné ? Mal mal tourné.

Il lui a bien sûr dit de ne pas s'en faire, qu'il lui ferait découvrir la Kabylie dont il lui a tant parlé ; que Doom's allait tout arranger, trouver des faux papiers s'il le fallait ; que ses avocats allaient se casser la tête pour qu'au moins une partie de la valeur du pavillon soit récupérée. C'est avant tout lui-même qu'il tentait de convaincre… Alors que pour l'instant, rien ne va, à commencer par sa grosse bosse sur la tempe, comprimée par le casque, qui ne veut pas se résorber, malgré toute la pommade qu'il y a tartinée. C'est tout ce qui lui manquait, une bande de blédards qui viennent foutre leur nez dans cette affaire qui a déjà bien capoté. Il a à peine eu le temps d'apercevoir celui qui l'a amoché. Un balèze, vu la puissance avec laquelle il a décollé. Et cette technique du plongeon, ça sort d'où ? Pourtant, des bastons de rue, il en a au compteur. Et dire que l'autre, avec ses dreads, il le maîtrisait. Ce taré prêt à emmerder un mec comme Doom's pour retrouver la meuf du gros Jean-Jacques. À coup sûr, il se la fait. Si c'est bien la métisse qu'il a vu sortir du sex-shop, au moins, il a du goût. Et dire que cette fille, il n'avait même pas prévu de la contacter. Même dans le racket, il a un code éthique : on touche pas la famille. En tout cas, pas la femme, les vieux, les gamins. Après, de ce qu'il sait, Doom's est beaucoup moins à cheval sur la déontologie. Si ça se trouve, il a envoyé une autre équipe pour la titiller. Ça serait étonnant qu'il ne l'ait pas prévenu, mais avec lui, on ne sait jamais. Faudrait peut-être commencer par savoir où elle est, la retrouver. Si ça se trouve, Bob Marley l'a mise dans la merde en croyant l'aider.

Il sait que Doom's n'en a pas fini avec lui, il n'abandonne jamais une embrouille inachevée. Quel merdier. Il n'y a pas de doute, c'est le gros qui lui a porté la scoumoune avec ses business de dépravé. Si c'était à refaire, il n'aurait pas hésité, mais il aurait agi proprement cette fois, comme le pro qu'il est censé être, sans laisser des traces dégueulasses. Ado déjà, sa mère l'avait prévenu que ses coups de sang allaient le perdre.

À leur arrivée, Ange a reconnu le son de la Kawa qu'il a maintes fois bricolé. Il est déjà en train d'ouvrir le portail pour les accueillir. La vieille roulotte au fond du terrain va leur servir de planque provisoire.

# 15

Issa est plutôt content que Wilfrid garde ses distances face à lui. Il est posé, tranquille, au comptoir du *Bar des amis* devant son café-crème, sans redouter que le doyen de l'atelier s'adonne à sa plaisanterie préférée : la main au panier ou au paquet. Un privilège heureusement réservé aux collègues « bien Français ». Le reste de ses blagues scabreuses, par contre, a fini par l'amuser. Il a mis un peu de temps à s'habituer aux bites, culs et autres pets qui constituent l'essentiel des récits inspirés par le ballon de rouge que le quinqua rougeaud s'enfile en guise de petit déjeuner. Apparemment, ce qui au Sénégal passerait pour obscène ou dérangé est dans certains milieux populaires français un moyen de sociabiliser.

Aujourd'hui Wilfrid est peu bavard, renfrogné, il grommelle sur la défaite dominicale du PSG en se passant la main dans sa barbe en collier. Quand Issa lui dit qu'il soutient l'OM pour le faire enrager, il répond que les OM, ordures ménagères qu'il ramasse tous les jours, « valent mieux que ces baltringues de Marseillais ». Issa se dit que décidément son boulot l'a amené à s'accommoder de personnages improbables.

Comme tous les matins, leur collègue Romuald remplit les mots fléchés du *Parisien*, ce qui lui vaut d'être traité d'intello par Wilfrid. Franck, lui, s'adonne à une partie de flipper avec force et légèreté ; les tapes vigoureuses sur le flanc de la vieille machine semblent incommoder une vieille dame qui prend son café à la table d'à côté. Aujourd'hui, ils sont à la benne, et c'est bien mieux quand on n'a pas à pousser, qu'on est porté, propulsé, sur le marchepied du camion. Dans sa tête, un véhicule motorisé est bien plus un « truc de bonhomme » que le balai.

L'ensemble du bar, collègues et autres habitués, s'est mis, sur les pas d'Issa, à vanner Wilfrid et le PSG. L'entrée de Pinel, avec sa casquette d'hiver verte à oreillettes, en plein été, jette un froid chez les éboueurs, ressenti aussitôt par les autres clients du café. « Bon les gars, aujourd'hui à la benne va falloir mettre le paquet. D'après les plaintes qu'on a eues, certains d'entre vous, je ne dirai pas qui, ne font le boulot qu'à moitié. Je vous le rappelle : vous traitez les conteneurs, mais aussi le vrac qui se trouve à côté. » Franck et Issa savent bien que sur ce plan-là, ils n'ont rien à se reprocher : Pinel est juste dans son rôle de contremaître zélé.

Un demi-coup de klaxon résonne, étouffé. Bonne nouvelle, aujourd'hui, c'est Youssef qui vient les chercher. Le camion démarre. Leur routine est rodée comme une chorégraphie répétée : Franck charge les conteneurs du côté droit de la rue, Issa ceux du côté gauche. Parfois, leur synchronisation est telle qu'ils remontent en même temps sur le marchepied. Les arrêts et les démarrages de Youssef suivent un rythme régulier qu'Issa a intériorisé. La cadence, pour lui, est essentielle. Les mouvements répétés dans l'effort physique sont une manière de se transcender, voire de prier. En occupant le corps, le travail permet à l'âme de se concentrer sur Dieu. La sueur rédemptrice du Baye Fall ne doit pas être versée dans son propre intérêt, mais au service du marabout, de la communauté, des autres. Dans le cas d'Issa, la collectivité territoriale, ça peut aussi marcher. En plus de contribuer à la propreté de l'espace public parisien, pour être sûr de ne pas travailler que pour lui, Issa verse une petite partie de son salaire comme addiya au marabout, ce qui a le don d'agacer Julie.

À peine arrêtés devant les nombreux conteneurs du McDo de Gambetta, un coup de klaxon strident retentit derrière eux. Au volant d'une Audi, un jeune conducteur écoute la musique à fond. Ça ne rate pas : son collègue Franck saute du marchepied, enlève ses gants et les tend vers le conducteur. Il reste ainsi immobile, de longues secondes, ses gants en évidence, comme une offrande, devant le pare-brise du type. D'autres coups de klaxon sonnent, plus loin, dans la file en train de se former, mais ça n'a pas l'air de le perturber. Ses yeux fixés sur le pare-brise semi-fumé lui donnent des airs de psychopathe prêt à dérailler. Le conducteur sort une main par la fenêtre en guise d'excuse. Franck et Issa se dirigent calmement vers les conteneurs, en prenant bien tout leur temps. Ils les positionnent deux par deux sur les lève-conteneurs, qui les renversent tout en ouvrant leur couvercle. À l'aide d'une manette, Issa répète le mouvement d'arrêt qui les secoue contre le tablier pour les vider dans la trémie, que la pelle mécanisée vient racler pour emmener les déchets vers le fond de la benne. Une fois tous les conteneurs du McDo vidés, les deux éboueurs ramassent à la main un maximum de déchets répandus autour : sacs en papier kraft, emballages de burger et gobelets de sodas, balancés par des clients insouciants. Quand le dernier conteneur est replacé sur le trottoir, d'un sifflement puissant, Franck prévient Youssef qu'il peut redémarrer. C'est un des seuls gestes techniques du métier qu'Issa ne maîtrise pas encore. Depuis gamin, il sait siffler très fort en se mettant le pouce et l'index entre les lèvres, mais malgré de longs essais, il ne parvient pas encore à siffler sans les mains, ce qui, pour des raisons évidentes, est préférable pour un éboueur.

Dans la pente de l'avenue Gambetta, en face du mur d'enceinte du Père-Lachaise, Franck émet un long sifflement quand le camion s'arrête. C'est un sifflement différent du précédent, cette fois c'est celui qu'on émet quand on est surpris ou impressionnés. Au sol, des dizaines de sacs noirs et différents objets en vrac : un vieux frigo rouillé, un vélo d'appartement vintage, une grosse télé à cathode, qui entourent les bennes d'un petit immeuble coquet en brique rouge. Franck grimace. À deux reprises, il s'est fait piquer par une seringue jetée par un tox dans un sac ouvert. Chaque fois, direction le test du HIV pour se rassurer. Mais s'ils veulent finir leur tournée à l'heure, pas le temps de prendre des précautions.

Youssef est descendu du camion. « Pour ma femme », dit-il, en dégageant le vélo d'appartement entre deux sacs à gravats avant de le remonter dans la cabine. Les conducteurs sont les premiers à s'adonner à cette petite activité de biffeur, qui consiste à récupérer les objets qu'ils estiment pouvoir revendre ou utiliser. En ce moment, hausse des prix oblige, ils ont l'œil pour récupérer tout ce qui est métallique. D'après Wilfrid, avant l'irruption des Roumains, très organisés, dans le domaine, et la mode du vintage, qui a fait que même les bourgeois se sont mis à la récup', les anciens du service tiraient des revenus non négligeables de cette activité.

Le moteur du camion monte dans les tours en attaquant la pente de Ménilmontant. Les nombreux restaurants du bas de la rue y remplissent les conteneurs à ras bord. Issa vient régulièrement manger chez Mehmet pendant sa pause, les jours où il est au balai. Un des nombreux indices de la qualité du restaurant, en plus de sa clientèle fidèle, de quartier, est que son conteneur attitré ne sent pas spécialement mauvais. Estampillé « chez Mehmet », il tient son rang parmi la dizaine de conteneurs de l'immeuble, un record pour le quartier. Une fois qu'ils sont tous vidés, Franck se saisit d'un carton et fait le malin en essayant de l'envoyer dans la benne depuis une distance de trois ou quatre mètres. Son shoot est trop court ; le carton tape sur le bord de la benne pour se renverser sur la chaussée. Issa se penche pour en ramasser rapidement le contenu, essentiellement des petits objets poussiéreux. Un objet en bois retient son attention. Sous un mouton de poussière qu'il écarte, il reconnaît les motifs sculptés du peigne planté dans les cheveux de Manuela lors de leur rencontre. Il continue à le regarder, le touche de son doigt qui accroche la base rêche et vacante d'une dent cassée. Moment de flottement au milieu de la chaussée. « Qu'est-ce qui t'arrive ? » demande Franck, qu'il laisse sans réponse. Le concert de klaxons agacés reprend.

Issa demande à Youssef de se ranger en warnings, sur le côté. Le conducteur ne comprend pas ; Issa insiste et va frapper sur le store à moitié baissé de Mehmet. Son beau-frère Ibrahim sort, il remet l'éboueur, un client régulier. Le carton l'intrigue, puis il l'identifie. Il vient de chez eux, il contenait des frites surgelées. Il en dépose toujours quelques-uns dans le local technique de l'immeuble pour les hommes de ménage qui viennent à l'aube, deux fois par semaine, pour balayer. Le carton toujours en main, Issa s'engouffre derrière un type qui a tapé le code de la porte jouxtant le restaurant. Il se retrouve dans un long couloir sombre et étroit au sol en damier. Au bas de l'escalier en bois, une cinquantaine de boîtes aux lettres standardisées. Il repère tout de suite celle qui déborde de courrier. L'un des deux noms sur l'étiquette confirme son intuition : Manuela vit bien ici.

# 16

Fouad a noté le numéro du gars et les deux codes de l'immeuble sur un bout de papier. Il vient de garer son cinquante centimètres cube sur le trottoir de la rue Sorbier. Il s'est mis du gel et a troqué son survêt pour un tee-shirt col en V, un jean slim savamment usé et un blouson cintré en faux cuir. Des voix et de la musique de vieux résonnent de la fenêtre ouverte d'un étage élevé. Il entre dans le hall et monte quelques marches couvertes d'un tapis rouge retenu par de petites barres métalliques dorées, puis compose le deuxième code qui lui permet d'ouvrir la seconde porte, de fabrication récente, contrairement au reste de l'immeuble, ancien, mais très bien entretenu. Il ne pensait pas qu'il y avait des immeubles aussi chics à deux pas de son quartier. On ne lui a pas indiqué la porte au cinquième étage, le bruit est là pour l'orienter. Il frappe, attend quelques instants, sonne, toujours sans résultat. Il reconnaît l'introduction de *La Macarena*, ce son périmé entendu sur le CD « Tubes 95 » de son grand frère Farid. Avec la choré et le reste, ils ne sont pas près de l'entendre. Il ne va pas passer la soirée dans cette cage d'escalier ; il tambourine sur la sonnette et envoie deux coups de pied frontaux sur la porte, qui ne bouge pas. Alors qu'il cherche une nouvelle idée, elle s'ouvre. Un pirate d'une cinquantaine d'années, torse nu sous son gilet, cache-œil, perruque longue et bandana à tête de mort, se tient à l'entrée. Il a l'air complètement déchiré. « Holà, moussaillon, rien ne sert de se presser, le bar est approvisionné pour tenir toute la soirée. » Ça n'a pas raté, Casimir, Wonder Woman, Marylin et un gars qui a sans doute voulu s'habiller en Charlot, mais qui, sans chapeau, ressemble plus à Adolf Hitler, dansent la Macarena sur le parquet d'un immense séjour, dont les meubles ont été poussés sur les côtés. Apparemment, le pirate devait être le DJ jusque-là, car un Peter Pan – ou peut-être un Robin des Bois – trentenaire l'empêche de se remettre aux manettes. Le pirate éconduit propose un verre à Fouad. Il opte pour du JB. Le morceau touche à sa fin, ce qu'il regrette finalement car Wonder Woman, qui porte un string à paillettes au lieu du slip bleu homologué, va s'asseoir sur le canapé. « Ça va Nabil ? On t'attendait. » Jean-Marc, son client, a toujours son bonnet rouge. La pipe qu'il tient à la main était le détail qui manquait pour le déguisement de Cousteau. Pas sûr que celle du commandant sentait la beuh à plein nez par contre. « T'as rapporté ce qu'on a dit ? » Fouad se retourne vers le bar et plonge sa main dans son boxer pour récupérer les sachets de poudre. Pendant qu'il lutte pour attraper un sachet récalcitrant qui a glissé, il remarque que Wonder Woman est en train de le regarder. Elle répond d'un clin d'œil à son sourire gêné. Jean-Marc a l'air satisfait. « Attends, je vais récupérer ton argent, on est plusieurs à se cotiser. Vu l'état des gens, ça peut prendre un petit moment. Installe-toi, pose-toi sur le canapé, mets-toi à l'aise. » Wonder Woman tapote de la main la place libre à côté d'elle pendant qu'elle continue de lui sourire. Fouad ne sait pas trop comment réagir, cette brune mate de peau est canon, mais elle pourrait pratiquement être sa mère et elle a l'air bien bourrée ou défoncée, ou les deux. Et puis, il n'a pas trop l'habitude de discuter avec des femmes en string. En même temps, de quoi il a l'air s'il se dégonfle ? Il se dirige vers le canapé et s'assied en essayant de se donner un air sérieux, ce qui fait rire sa voisine.

– Mais t'es pas déguisé, toi, dis donc.

– Euh, non.

– Quoiqu'avec ton style et ton physique t'as un petit quelque chose de Cristiano Ronaldo.

On lui avait jamais faite, celle-là. En tout cas, ça valait le coup de se changer. Par contre, elle a rapproché son visage trop près du sien. Ses pupilles sont minuscules et elle sent l'alcool un peu trop fort.

– Mais c'est quoi le thème de la soirée ?

– Soirée héroïque. Donc, il fallait venir en héros. Mais c'est très libre, ça peut être très varié, les héros des gens.

– Vous, vous êtes en Wonder Woman, c'est ça ?

– Ça t'arrive souvent de vouvoyer les filles dans les soirées ?

Fouad n'a pas l'intention de passer pour un bébé.

– Mais tu portes un string, la vraie Wonder Woman, elle a pas de string, non ?

– Qu'est-ce que t'en sais ? En plus, ça me donne des pouvoirs supplémentaires, regarde.

Elle se penche sur le côté, prend la main de Fouad et la pose sur sa fesse dénudée. Il manque de s'étouffer avec son whisky, dont il fait tomber quelques centilitres sur son pantalon. Elle fait aussitôt mine de l'aider à l'essuyer, en ne manquant pas de bien frotter au niveau de son sexe en érection.

« Sandra, t'es pas un peu directe avec ce petit jeune ? Il vient d'arriver. » C'est le pirate qui vient le sauver. Il s'arrange pour se faire une place entre Fouad et Wonder Sandra. Il a enlevé sa perruque et son bandana. Son cache-œil est relevé sur son crâne chauve. « Voilà, on est mieux entre garçons, c'est plus tranquille, non ? » dit-il en lui tapant sur la cuisse, comme pour le réconforter. Puis sa main reste sur sa cuisse et se met à se rapprocher de la tache de whisky. Fouad, d'un bond, s'extrait du canapé. « Faut que j'me casse ! » Il n'est pas fier de tituber au milieu de la piste, il s'est levé trop vite et le JB lui est monté à la tête. Plus que ce qu'il pensait. Une fois sur le palier, pas le temps d'attendre l'ascenseur, l'autre pirate pourrait se pointer. Il dévale les marches trois par trois, ses bonds amortis par le tapis rouge moelleux. Au moment où il chevauche son scooter et met le contact, il se fige. « Putain mes thunes ! » Il retape les deux codes, remonte par les escaliers. Cette fois, il n'a pas à attendre. La porte s'ouvre tout de suite. C'est le pirate : « Alors, on est pressé d'arriver, pressé de repartir ? » Fouad lui arrache les billets de la main. Il les compte. Quatre billets de cinquante. Il repart sans rien dire. Il ne risque pas de parler de sa soirée au quartier.

*

Issa est passé chez lui pour se changer. Il a d'abord pensé garder sa tenue de travail ; bien identifiable, elle aurait pu mettre en confiance les habitants de l'immeuble. L'uniforme vert gazon inspire aux gens un curieux mélange de dédain et de respect pour ceux qui ramassent « leur merde ». Quelques collègues, comme Franck, militent pour une couleur plus neutre, alors même qu'elle a été choisie il y a plus de trente ans pour arrêter de cacher les agents de nettoiement, revalorisés en agents de la propreté et de l'eau. Issa aurait pu prétexter une quête quelconque ou une vente de calendrier d'éboueurs. Mais, fin juin, les étrennes sont déjà loin et, même si certains ne se gênent pas, le porte-à-porte est interdit par arrêté préfectoral ; seuls les pompiers y ont droit en début d'année. Et puis, un éboueur en tenue qui cherche une femme disparue en tâtonnant dans un immeuble, ça peut laisser perplexe. Issa a attaché ses cheveux, mis une chemise repassée et son jean le plus sobre.

Il commence par questionner Mehmet au kebab, qui voit très bien de qui il s'agit, mais qui n'a pas croisé la Cubaine depuis plusieurs jours. Il espère qu'il ne lui est rien arrivé de grave, c'est une bonne cliente, toujours le sourire et un petit mot gentil. « Sans oignon, hein ? » fait-il dans une mauvaise imitation d'accent cubain. Il aime beaucoup moins le gros type, son mari. Issa ne prend pas la peine de lui dire qu'il ne risque plus de le croiser. Mehmet le fait passer par la porte arrière du restaurant qui donne directement accès aux parties communes.

Comme il le craignait, personne ne lui ouvre au premier. Pourtant, il entend des pas derrière certaines portes, voit des judas s'assombrir. Pour commencer, il a choisi le bâtiment A parmi les quatre escaliers qui entourent la cour pavée de l'immeuble. Sans doute celui de Manuela, d'après Mehmet. Chaque étage compte six ou sept portes. A priori, surtout des studios et des deux-pièces. Si on prend en compte les quatre bâtiments et les six étages, ça fait un paquet d'appartements.

Au deuxième, une blonde fluette d'à peine vingt ans, en marinière, lui ouvre timidement. La pièce est minuscule : un coin-douche, une kitchenette, un bureau encombré de bouquins de droit et un ingénieux système qui fait monter le lit au plafond pour gagner un peu de place. Elle ne voit pas du tout de qui il s'agit. Issa insiste, il sait que tout le monde ne va pas se précipiter pour lui ouvrir, encore moins pour le renseigner.

– C'est important, on est plusieurs à être inquiets pour notre amie.

– Vous parlez peut-être de la dame qui donne des cours de salsa ? Ça fait un moment que je ne l'ai pas vue. Elle habite au-dessus, au troisième, tout de suite à droite, je dois vous laisser… je suis en pleines révisions.

– Attendez, quel p…

La porte claque devant son nez. Des révisions, fin juin ? Peut-être des rattrapages. Peu importe. Elle n'avait pas l'air en confiance ; ce qui ne l'a pas empêchée de lui donner une information clef.

Au troisième, il frappe bien fort sur la première porte à droite. On ne sait jamais. Une plaque de métal neuve encadre la serrure, qui a dû être réparée depuis peu. Il toque une deuxième fois, puis entend juste derrière lui une porte s'ouvrir, et se refermer. C'est la seule de l'étage à avoir sa propre lumière et une sonnerie, sur laquelle il appuie. Elle retentit dans l'appartement d'où Issa entend des pas sourds et un bruit de télé. Il sent une présence à travers le blindage métallique, puis rien. Il frappe une dernière fois chez Manuela, au moment où une femme, petite, essoufflée, âgée, achève de monter son Caddie sur le palier. Elle a bien soixante-quinze ans, la peau caramel, les cheveux d'un blanc immaculé, coupés très court, à la garçonne.

– Vous cherchez les cours de danse ?

– Je cherche la dame qui les donne, vous ne l'avez pas vue ?

– Non, depuis plusieurs jours.

Elle a l'air bien affirmative. Elle est déjà en train de s'attaquer à l'escalier qui mène au quatrième. Sans lever le Caddie, elle tente de le faire rouler de marche en marche, par à-coups, jusqu'au prochain niveau.

– Je vous aide, madame.

Issa soulève le Caddie par la poignée. Elle laisse faire, soulagée.

– C'est une brave fille.

– Manuela ?

– Elle me fait des courses, les jours où je suis trop fatiguée. C'est pas comme son mari, qui dit bonjour une fois sur deux.

– Je suis un ami, comme je n'ai pas de nouvelles... Vous ne les avez pas vus depuis quand ?

– Au moins une semaine... ou plus, Manuela, ça fait au moins une semaine. Lui, je ne le vois pas trop ces derniers temps.

Le palier du sixième étage est plus large que les autres ; une grande fenêtre et une verrière donnant sur le toit font entrer le soleil, qui se diffracte sur les plantes en pots réparties sur l'étage en ravivant leurs couleurs. Issa reconnaît un bananier, un yucca et deux pimentiers nains ornés de petites fleurs blanches.

En ouvrant la porte de chez elle, la dame le remercie, lui propose un café, qu'il accepte. C'est sûrement elle qui a végétalisé le palier, la fenêtre de son petit séjour-cuisine est encadrée d'une composition luxuriante de plantes tombantes. Elle l'invite à s'asseoir et remplit une cafetière italienne qu'elle pose sur la plaque. Au-dessus de la télé, la photo d'un homme sur un vélo, en tenue de cycliste. Il fait plus Africain qu'Antillais. D'après les couleurs et la coupe des vêtements, le cliché doit dater des années 60 ou 70. Le haut du mur est tacheté d'humidité qui par endroits forme des coulures brunâtres.

Le fumet dégagé par la tasse évoque un café de qualité. Sur une petite coupelle à côté, elle a posé trois spéculoos. Issa se demande si, depuis qu'il est à Paris, un inconnu l'a déjà invité chez lui pour un café.

– La police est passée, vous savez. Ils sont venus il y a deux jours avec un serrurier. Ils n'ont pas voulu me dire ce qui les amenait.

– Et vous les avez vus ressortir ? Je veux dire… Il n'y avait pas les secours, une civière ou…

– Non, rien de tout ça. Il y avait juste un inspecteur, enfin, un policier en civil, le serrurier, je les ai croisés dans l'escalier. Le policier cherchait à recruter deux témoins dans l'immeuble pour la perquisition de l'appartement. Je m'inquiète pour elle ; son mari… il me dit rien qui vaille ; de toute façon, elle m'a dit qu'elle allait divorcer. Mais elle, c'est une des rares personnes de l'immeuble qui a le temps de discuter un peu, à qui je peux demander un service. Ça fait cinq ans que j'ai perdu mon mari, vous savez. On n'avait pas d'enfants. J'ai un neveu en Guadeloupe, mais je ne le vois jamais, il m'appelle une fois par an pour les fêtes.

Issa trempe un spéculoos dans son café.

– L'humidité, là, ça fait longtemps que vous l'avez ?

– Plusieurs années, je n'arrête pas de me plaindre au syndic. Ça vient du toit, ils ont dit qu'il y a un problème d'étanchéité, qu'il faut refaire les souches des cheminées. Maintenant, avec le nouveau président, j'espère que ça va s'arranger. L'ancien, Bernard Michel, n'a jamais rien fait. Au contraire, depuis que je l'ai vu arriver il y a trente-cinq ans, l'immeuble n'a pas arrêté de se dégrader, alors qu'il avait une société de travaux. Il a racheté plusieurs appartements pour une bouchée de pain. Et quand il a arrêté de faire travailler son entreprise dans l'immeuble, il a ramené des copains à lui encore plus malhonnêtes. Vous avez vu ce carrelage moche dans les parties communes ? Elle boit une gorgée de café. Il y a encore deux ans, on avait de superbes tomettes. Ils disent qu'elles ont été jetées... Il a fallu qu'il y ait de nouveaux propriétaires pour le déloger de la présidence. Pendant longtemps, c'était surtout des personnes âgées ou des immigrés, les Turcs du kebab, les Kabyles du café, qu'il arrivait à balader en jouant la carte du bon Français, mieux placé pour défendre leurs intérêts.

– Il habite toujours ici ?

– Oui, c'est le voisin de Manuela, justement, il habite en face de chez elle.

Issa pense à la porte qu'il a entendue s'ouvrir et se refermer.

– Vous pensez qu'il sait ce qui lui est arrivé ?

– Je ne sais pas. C'est un drôle de bonhomme, vous savez ; il est au courant de tout ce qui se passe dans le quartier. Il n'arrête pas de se vanter d'avoir des copains dans les Renseignements généraux, de faire du tir avec eux. Puis il y a... cet appartement au quatrième, ça fait des années que personne n'a vu les propriétaires, ils sont supposés être aux États-Unis et ils ont de gros impayés. Par contre, chaque fois que l'appartement doit être remis en location, c'est Bernard Michel qui gère les visites. À mon avis, c'est lui qui encaisse les loyers. La dernière locataire était une Bulgare pas en règle avec ses papiers. Tous les deux soirs, on la voyait entrer dans son appartement et sortir les larmes aux yeux peu après. Comme si elle le payait en nature, vous voyez. Mais personne ne peut rien prouver. Quand je lui parlais de mes infiltrations, il riait, me disait de ne pas m'inquiéter. Le nouveau président a l'air honnête, lui.

– Et au niveau du ménage dans l'immeuble, ça se passe comment ?

– C'est pareil, jusqu'à il y a quelques jours, c'est lui qui gérait. Les sociétés changeaient tout le temps, comme les hommes de ménage, qui n'ont pas l'air bien en règle.

– Pas en règle ?

– Oui, des sans-papiers. Je suis pas là pour juger, mais souvent j'essayais de leur parler, de leur dire de ne pas abîmer les plantes, de passer la serpillière et pas seulement le balai. La plupart ne comprennent pas bien le français. C'est surtout des hommes, beaucoup d'Indiens ou Pakistanais je ne sais pas, quelques Africains. Ils changent presque toutes les semaines. Ils n'ont pas le temps de s'adapter, l'immeuble est grand, vous voyez.

Elle a visiblement besoin de parler, Issa ne veut pas s'éterniser ni trop profiter de sa solitude pour se renseigner. Elle lui en a déjà assez appris comme ça. En partant, il lui donne son numéro, lui dit qu'il habite le quartier, si Manuela revient, et qu'elle n'hésite pas à l'appeler en cas de besoin.

*

– Issa ? Qu'est-ce que tu fais là ?

Xavier porte un tee-shirt et une vieille salopette en jean tachée de peinture. Il a un pack de bières à la main. Et lui, qu'est-ce qu'il fait là, au rez-de-chaussée de l'immeuble de Manuela ? En attendant de savoir, Issa doit répondre quelque chose. Se rapprocher le plus possible de la vérité.

– Je… Je cherchais quelqu'un, une amie, et toi ?

– Je travaille avec un pote, on retape un studio. Tu veux boire une bière avec nous ?

Pas le moment de se défiler. Après tout, son écart avec Manuela est une sorte de détail, facile à éluder. Tout le reste peut paraître parfaitement justifié.

L'appartement donne directement sur la grande cour intérieure pavée qui dessert les quatre bâtiments de l'immeuble. Les façades auraient besoin d'un bon coup de peinture. Deux gamins tapent dans un ballon en mousse entre de maigres plantes en pot dont certaines semblent mortes. À l'intérieur, une odeur de plâtre ou de mortier adhésif monte au nez. Issa salue un très grand gars qui n'aurait presque pas besoin d'un escabeau pour passer de l'enduit au plafond. Le pote de Xavier continue ses gestes souples, le temps de vider son bac à enduire, puis redescend pour la pause bière. Il rapproche son escabeau à côté d'une planche ancienne en bois recouverte d'une bâche, futur plan de travail de la kitchenette. Xavier s'interrompt de rouler un joint pour lui donner une bière. Les trois hommes trinquent. Issa remarque la paroi de la salle de bain, également en travaux.

– Pourquoi le mur ne va pas jusqu'au plafond ?

Xavier prend son temps pour répondre. Son petit sourire indique qu'il est fier de sa réalisation.

– C'est une astuce que j'ai trouvée. Je fais ça dans tous les studios, quand j'ai une bonne hauteur sous plafond : une mezzanine au-dessus de la salle de bain, pour le couchage. Ça permet de gagner trois mètres carrés et ça fait son petit effet pour les visites. Ceux qui préfèrent avoir leur lit au sol peuvent s'en servir pour du rangement.

– Le propriétaire te laisse faire ce que tu veux ?

– C'est moi le propriétaire. J'ai acheté les deux studios, celui-là et celui d'à côté, en 2000. Ils étaient en ruine. Je les ai retapés et loués pendant dix ans. Là, les prix sont au top, alors j'en vends un. Je pense toucher deux fois ce que j'ai payé pour les deux à l'époque.

Xavier allume son joint.

– C'est qui la fille dont tu parlais, celle que tu cherches ?

– Manuela, c'est une fille qui vient au cours de danse que j'anime au djembé. Elle devait venir à un concert, mais elle est injoignable depuis quelques jours. Comme on est plusieurs à s'inquiéter, je passais voir, au cas où… Elle habite dans cet immeuble, elle est Cubaine, elle donne des cours de danse dans son appart. Tu la connais ?

Issa croit percevoir une lueur dans ses yeux qui disparaît aussitôt.

– Ça me dit rien, tu sais, j'habite pas là. Enfin, je l'ai peut-être croisée, depuis un mois qu'on vient pour les travaux. Elle est comment ?

Issa réprime le sourire qui lui vient naturellement en pensant à elle. Le géant décapsule une deuxième bière après avoir descendu la première d'une traite. Il a l'air de réfléchir.

– C'est pas une black, une métisse, avec une tache sur la figure… Il se touche le bas du visage. Elle a beaucoup de cheveux, gonflés, et des grandes boucles d'oreille comme ça… il pince chacune de ses oreilles avec le pouce et l'index en formant deux cercles.

– Oui, c'est elle, confirme Issa.

– Je crois qu'on l'a croisée, plusieurs fois, quand on commençait les travaux. Ça te dit rien, Xavier ? C'est bizarre… C'est un canon, elle ! Tu perds pas ton temps, dis…

Issa évite le regard de Xavier.

– Non, non, moi je suis marié, je suis pas dans ça. C'est juste une élève du stage de danse ; les gens s'inquiètent, et comme j'habite dans le quartier…

Issa dévie la conversation sur des détails techniques des travaux, peinture à l'huile contre peinture à l'eau, prend quelques taffes du joint, finit sa bière ; pas question de se montrer pressé de s'en aller. Il a la tête qui tourne au moment de prendre congé.

*

Pour éviter une mauvaise descente, Issa a continué à boire et fumer en rentrant chez lui. Il s'est acheté un flash de rhum bon marché, celui qui laisse une barre dans la tête. Il le rallonge progressivement avec du soda au gingembre en cannette. Le retour de Julie du travail risque d'être tendu, elle n'aime pas le voir consommer seul de l'alcool fort. Depuis qu'elle a retrouvé Xavier, elle est en contact quasi quotidien avec lui. Il ne sait pas s'il doit être jaloux. Être jaloux implique une disponibilité d'esprit que la disparition de Manuela l'empêche d'atteindre. Il doit d'abord la retrouver pour se mettre les idées au clair. Il a lancé *Mögöbalu,* le premier disque du grand Mamady Keita enregistré à Conakry, et, pour se vider la tête, s'est mis à tendre la peau de son djembé. Au-delà du fait qu'il n'aime pas voir cet ancien copain de lycée tourner autour de sa femme, il ne sait pas si Xavier va se servir de l'échange qu'ils ont eu sur Manuela. Même s'il n'a pas été pris en flagrant délit d'adultère, Julie pourrait trouver étrange qu'il ne lui ait pas parlé de la jeune femme. Issa fouette le bord de l'instrument du bout des doigts. Le claquement aigu, métallique, qui résonne le satisfait. Un joint éteint aux lèvres, il reprend en play-back les solos de Mamady sur le morceau « Soko », au rythme ternaire. Il aimerait comprendre davantage le malinké : chaque coup des phrases rythmiques qu'il joue est censé être une syllabe dans cette langue. Le Soko accompagne normalement la danse des jeunes garçons, ceux qui ne sont pas encore circoncis. Issa y va franchement, sans envoyer non plus tout ce qu'il a en réserve, il a déjà eu des plaintes dans l'immeuble. « Ohé ! » Julie passe une main devant lui, il ne l'a pas entendue entrer. « On t'entend depuis le coin de la rue de Ménilmontant, fais gaffe quand même. » Elle jette un regard sur le flash à moitié vide, un autre sur le cendrier à moitié plein et ouvre deux fenêtres pour aérer. Elle affiche un sourire, celui qui pourrait passer pour bienveillant, mais dans lequel il décèle un soupçon d'ironie. Elle semble rayonnante et apaisée. Issa se demande si cette bonne humeur n'est pas due à sa fréquentation de Xavier. Elle était comme sur un nuage en rentrant du concert qu'il a assuré pour son association, au point de ne pas s'inquiéter ni s'insurger plus que ça quand Issa lui a expliqué s'être fait agresser par un automobiliste. Il devait bien justifier les bleus et les contusions que l'homme envoyé par Doom's lui a infligés.

Une fois qu'ils ont terminé, devant la télé, les plateaux de sushis qu'elle a rapportés, elle se retourne vers lui.

– Au fait, j'ai pas pensé à te demander, t'étais rentré tard et reparti très tôt au boulot… et après j'ai eu ma grosse semaine, comment c'était la Fête de la musique ? Avec qui tu l'as passée ?

Cette dernière tournure le surprend.

– Ben c'était bien… Avec qui je l'ai passée… Avec Alioune et les autres Djembefollas… et les gens qui sont venus nous écouter. On a joué très tard, on était un peu déchirés… Pourquoi ?

– Non, comme ça, tu m'avais pas raconté, c'est tout.

Une fois qu'Issa a chargé le lave-vaisselle et que Julie a passé l'éponge sur la table basse, elle va dans leur chambre à coucher, pour en ressortir avec une nuisette noire, dont la dentelle met en valeur ses fesses rebondies. Issa ressent un effet immédiat, mais dans le même temps se demande ce qui lui prend : ça fait des mois qu'elle dort avec de vieux tee-shirts usés et informes qu'elle lui emprunte. Il se couche de bonne heure en même temps qu'elle, alors que, de repos le lendemain, il pensait traîner tard devant la télé. Elle est sur le côté, le dos tourné ; cette position met encore plus en valeur la cambrure de sa hanche, sur laquelle Issa pose une main. Pas de réaction. Elle respire fort, comme si elle dormait. Comment est-ce possible, aussi vite ? Issa se lève, il n'a pas l'impression qu'elle dorme vraiment.

# 17

Il fait déjà nuit dans la rue Boyer quand ils sortent du cours de danse du maître guinéen Mohamed Bangoura. Un petit groupe de participantes les remercie de leur prestation, puis leur propose de prendre un verre à *La Bellevilloise*, un peu plus loin. Issa décline poliment, ce qui semble décevoir Alioune.

– On aurait dû y aller, elles avaient l'air sympa.

– J'ai pas la tête à ça en ce moment.

– Monsieur est un homme marié, mais faut penser aux copains, aussi, de temps en temps.

– Tu peux y aller, toi, si tu veux, personne ne t'en empêche. T'as pas besoin de moi…

– Laisse tomber, c'est trop tard, maintenant.

Les jeunes femmes sont déjà à l'entrée du bar de la salle de concert à une cinquantaine de mètres. Alioune et Issa ont commencé à se diriger vers la rue de Ménilmontant, à l'opposé. Le bruit de 636 centimètres cubes d'acier tournant à plein régime percute, d'un coup, leurs tympans. Alioune, du côté intérieur du trottoir, se retourne, tire sur le bras d'Issa, qui en tombant perçoit, tel un flash, l'éclat d'un objet métallique mouvant et une moto verte. Une entaille d'une quinzaine de centimètres bâille sur la housse de son instrument.

Farid, qui a pris la rue Boyer à contresens, s'est arrêté à l'angle de la rue de Ménilmontant. D'une simple recherche sur Google, il a repéré le nom d'Issa sur le site Internet du centre Momboye. Après avoir vu sa bosse sur la tempe, Ange était tout de suite partant pour une opération vengeance. Sur le siège arrière, il range dans la poche de sa veste la serpette Opinel qu'il a pris soin d'aiguiser.

– Je l'ai raté, on y retourne ?

Farid hésite. Tout ça pour ça… Trois quarts d'heure postés à attendre la fin du cours, il a trouvé le temps long. Un groupe d'une dizaine de fêtards se dirige probablement vers *La Bellevilloise*, ou *La Maroquinerie*, en passant de part et d'autre de la moto.

– Laisse tomber, ça devient tendu, là. Je crois que le message est passé.

*

C'est encore Fouad qui est de corvée ravitaillement. Les barrettes manquent alors que les clients affluent. À une époque, quand les gars de la cité tenaient le parking, ils avaient défoncé la porte pour que les acheteurs soient servis directement, sans bouger de leur voiture. Les locataires s'étaient plaints et Doom's avait décidé de laisser tomber ce McDrive du shit pour éviter le grabuge. Maintenant, leur espace de stationnement sert de cache, mais plus de supermarché. La pression croissante sur les points de vente intra-muros oblige à être plus discret, à jouer sur le prix plutôt que sur la quantité. Le commerce à haut débit est cantonné à l'extérieur du périph'. Fouad sait que le dépannage qu'il offre avec Modibo est aux « fours » de Bagnolet, Saint-Ouen ou Sevran ce que les mini-« alimentations générales » de Paris sont aux grandes surfaces de banlieue : une arnaque.

Le fond du parking, où un vieux boîtier électrique fait office de placard à provisions, est plongé dans l'obscurité. Plusieurs ampoules ont été cassées pour plus de discrétion. Fouad distingue à peine les contours des véhicules garés. Les phares de l'un d'entre eux s'allument, éclairent le mur opposé, gris de crasse. Leur faisceau atteint le vert Kawasaki de la Ninja 636, qui surgit du noir. Il reconnaît immédiatement la moto de son frère. Il avait bassiné tout le monde pendant des mois avant de l'acheter. Il lui en veut. Même s'il fait de brèves apparitions dans le quartier, ça fait des semaines qu'il n'est pas monté voir leur mère. Fouad décide que le ravitaillement attendra un peu, tant pis pour le manque à gagner.

Il retraverse le parking en sens inverse. Une porte battante donne sur le hall d'entrée. Monsieur

Sidibé, en pyjama et pantoufles, attend l'ascenseur. « Si tu vois Modibo, dis-lui de ne pas trop traîner. C'est pas parce que vous êtes en vacances depuis peu qu'il faut abuser, hein ? La mission poubelle, c'est pour lui normalement. » Modibo ne lui a visiblement pas dit que Fouad a arrêté les cours en début d'année. Dans l'ascenseur, face au père de son ami, il garde les yeux baissés. Les trente secondes pour atteindre le septième étage s'écoulent au goutte-à-goutte. C'est dur de trouver plus gentil que cet homme, mais il a le don de l'intimider.

Sa mère met un moment à venir lui ouvrir. Ce matin, au réveil, il n'avait pas remarqué ses traits fatigués, les cernes sous les yeux et les racines poivre et sel, repoussant toujours plus loin de son crâne les reflets roux de sa teinture blonde. En plus de ça, ses yeux rougis lui indiquent qu'elle a pleuré. Dans le séjour, Farid a les mêmes. Fouad n'ose pas demander ce qui se passe. Aussi loin que ses souvenirs le portent, il ne pense pas avoir vu son frère pleurer. Ils sont maintenant assis à trois autour de la table basse en verre. Farid et la daronne sur le canapé, Fouad, qui leur fait face, sur un pouf marocain en cuir.

– Ton frère va partir en Algérie.

– En Kabylie, corrige Farid.

Fouad reste muet, à les regarder. Ils s'attendent à ce qu'il leur demande pourquoi, quand, comment, mais il ne le fait pas. Il a déjà vécu le départ de son grand frère pour la banlieue comme un abandon. Le deuxième. Le premier, à l'âge de sept ans, a été la longue peine dont a écopé son père en Algérie. Un tabou qui plane au-dessus de la famille depuis bientôt dix piges.

– Et Lætitia ? demande Fouad, en faisant monter sa colère pour mieux retenir ses larmes.

– Elle vient avec moi. Depuis le temps qu'elle veut connaître le bled… On a un projet béton : un élevage de poules pondeuses. Un plan très rentable et tranquille. J'ai déjà commencé à me renseigner sur le prix des terrains vers Bejaia. Tu verras, ça va être d'la bombe, tu viendras nous voir.

Fouad connaît bien son frère, il sait que, sans raison sérieuse, il n'abandonnerait jamais son petit confort, son pavillon, son boulot au GPIS pour aller couver des œufs au bled.

*

Après un détour par sa chambre pour glisser trois sachets de poudre dans son boxer, Fouad est sorti de chez lui en claquant la porte, sans laisser à Farid et sa mère le temps de réagir. Il n'a pas pris le temps de se changer. Leurs appels en absence s'accumulent sur son portable. Il est repassé par le boîtier électrique du parking avant d'enfourcher son scooter pour rejoindre Modibo.

Vlado a une demi-heure d'avance. Doom's ne veut pas parler de Farid au téléphone, il lui a demandé de passer directement chez lui, ou plutôt chez sa mère. La terrasse de *La Mer à Boire*, qui reçoit les tout derniers rayons de lumière de cette longue journée d'été, sera parfaite pour l'attente. En garant son T-max, il repère une des rares tables libres. Le parc de Belleville a déjà fermé et la place grouille de jeunes en sortie, mais aussi de gamins en vacances que leurs parents laissent libres jusqu'à pas d'heure. Alors qu'il vient d'enlever son casque, il repère deux ados, l'un sur un scooter, qui jettent des regards dans sa direction. Il n'est pas là pour eux, mais pour leur boss.

– T'as quelque chose sur toi ?

– Ça se peut…

– Le chelou là-bas, c'est un condé, il a déjà serré du monde dans le quartier, il téma en plus…

Avant de vérifier à ses frais si Modibo dit vrai, Fouad démarre en trombe. Les sachets de poudre dans son sous-vêtement, ça ne pardonnerait pas. Il connaît la moindre rue du quartier, le moindre sens interdit, comme la poche trouée de son survêt. Même si le flic prévient ses collègues, se faufiler entre les passants sur ces trottoirs familiers est comme un jeu, une technique, imparable si maîtrisée, pour passer entre les mailles du filet. Il va faire d'une pierre deux coups : s'extraire vite fait bien fait et enchaîner avec sa livraison vers Parmentier. Il descend du trottoir, prend la rue des Envierges à contresens, passe de justesse entre une voiture garée et une autre qui a pilé de peur de le renverser ; l'extrémité de son guidon replie le rétroviseur de la conductrice tétanisée en un bruit sourd. Plus loin dans la même rue, il manque de renverser une bicyclette dont le conducteur perd l'équilibre et vient heurter une camionnette stationnée. Cette sensation de passer in extremis l'encourage à tourner encore plus le poignet sur l'accélérateur, à faire pétarader son pot d'échappement percé devant les quelques clients assis en terrasse place Henri-Krasucki, puis à s'engager sur une roue dans la rue des Cascades, cette fois dans le bon sens. Il fait durer son wheeling sur une trentaine de mètres dans la ligne droite, se penche dans les courbes des lacets que forme la rue sinueuse. En arrivant à l'intersection de la rue de Ménilmontant, il négocie mal, ne sert pas assez son virage à droite et évite à peine le bus 96, dont le chauffeur appuie à fond sur le champignon pour gravir la côte raide. Du coin de l'œil, il aperçoit une 206 grise avec quatre types à l'intérieur. Ça sent mauvais. La 206 accélère, un gyrophare bleu s'illumine et retentit derrière le pare-brise. La pente est son alliée. Il bloque l'accélérateur en position de rotation maximale. En baissant la tête pour offrir au vent le moins de résistance possible, il recule sur sa selle et ressent les sachets qui lui grattent les couilles. Il pense à Farid. Rien à foutre, il se met debout, son poids entier sur ses deux pieds collés au marchepied et sur ses deux mains accrochées au guidon, puis sur une seule ; il glisse l'autre dans son pantalon de survêt, attrape les trois sachets dans son boxer, les garde dans la main à nouveau posée sur le guidon, puis les laisse s'échapper un à un discrètement. Il voit le bas de la pente approcher. S'il arrive au niveau de la rue Julien-Lacroix et prend bien le virage à droite, obligé il les sème. Avec un peu de chance, s'il fait le tour de quelques pâtés, il retrouvera peut-être un des sachets. Il entend le moteur de la voiture banalisée et le gyrophare, de plus en plus proches. Ça y est, c'est le moment de tourner. À la seconde où il enclenche le virage, l'aile droite de la 206 grise surgit sur sa gauche et d'un seul coup se rabat sur lui. Il a le temps de se sentir voler. Il l'a fait exprès, l'bâtard ! Son casque heurte le bord du trottoir. Son corps rebondit puis s'immobilise. Une douleur naît vers le bas de son corps, puis remonte, de plus en plus aiguë. Il baisse les yeux. La vision du bout de son tibia qui transperce sa peau et son jogging lui fait perdre connaissance.

*

– T'as fini le jus, fait chier. Tu sais que je le garde pour le matin.

– Hmm ?

– Pour picoler en plus…

Issa émerge sur le canapé, réveillé par les reproches de Julie. Il s'est endormi tout habillé.

Comme à chaque gueule de bois de ces derniers temps, il se dit que la prochaine fois il essaiera au moins de s'acheter du rhum de bonne qualité. Le mal de crâne s'accentue quand il se lève. Il n'a même pas pris le temps d'enlever ses chaussures cette nuit. « Tu penses qu'à ta gueule ! » Julie continue de râler alors qu'il se dirige vers la salle de bains. « T'as tout laissé en bordel en plus. » La litanie se poursuit pendant qu'il est en train de pisser ; à travers la porte fermée, il n'entend plus le détail de ce qui lui est reproché, juste la musique irritante de Julie en rogne. Il profite d'être dans la salle de bains pour prendre dans la pharmacie un comprimé de paracétamol, qu'il fait descendre à l'aide d'une gorgée d'eau du robinet.

Julie est en train de ranger le désordre qu'il a effectivement laissé dans la cuisine en préparant ses verres et en s'adonnant au grignotage post-fumette. Il se souvient quand, tard dans la nuit, la tête qui tournait, il s'est dit qu'il allait juste fermer les yeux le temps que ça passe, puis se relever pour se déshabiller et ramasser. C'est raté. Julie prend bien la peine de faire sonner chaque verre, chaque couvert, chaque assiette qu'elle est en train de ranger. À chaque « cling », c'est comme une ligne qui vient s'ajouter à la facture de ce qui lui est reproché. À l'addition, il faudrait ajouter tous les non-dits qui fragilisent leur couple depuis des semaines.

– Tu trouves pas que t'en fais un peu trop ? Je me suis un peu laissé aller pour un soir, et alors ? Y'en a que pour toi et ton boulot depuis des semaines ; je t'ai pas dérangée, non ?

– De toute façon, tu t'en fous de mon travail. C'était l'événement de l'année et tu poses même pas une question, tu demandes même pas comment ça s'est passé, rien.

– Y'avait bien Xavier pour ça, non ?

– Quoi Xavier ?

– Je sais pas, t'as un mari musicien ; tu me proposes même pas de jouer pour la soirée de clôture. Xavier redébarque dans ta vie après dix ans, et c'est à lui que tu penses.

Issa n'est pas quelqu'un de jaloux, mais il y a des limites.

Julie se remet à déplacer bruyamment des objets dans la cuisine. Elle semble déstabilisée, cherche sa réponse. Elle ne s'attendait même pas à la remarque.

– Moi, au moins je te l'ai présenté, Xavier. Je t'ai dit que c'était un ami d'enfance. Et c'est le cas. Alors que toi… Qu'est-ce que j'en sais, moi, de ce que tu fais quand tu dis que tu vas voir tes potes ? Comme s'ils allaient pas te couvrir, les Sénégalais, si, par exemple, tu passais ton temps à draguer dans les bars qu'il y a en bas de chez eux. Et puis, si ça t'intéressait vraiment, de jouer pour la soirée de clôture, t'avais qu'à le proposer.

– Ah, c'était à moi de proposer ? L'homme propose, la femme dispose alors ?

Issa jette un œil à travers l'ouverture de la cuisine américaine ; sur le visage de Julie, il décèle un soupçon de sourire réprimé. Il sait que sa manière souvent incongrue d'utiliser les dictons a le don de l'amuser. Et le fait de s'être jeté à la figure leurs jalousies respectives a bizarrement commencé à réduire la tension de ce réveil abrupt. Issa se glisse derrière Julie dans la cuisine étroite pour préparer son café. Déterminée à boire quand même son jus matinal, elle s'est emparée d'un grand couteau de cuisine à l'aide duquel elle déchire un filet d'oranges extrait du frigo. En tendant les bras pour atteindre, sur l'étagère haute d'un placard, un presse-orange manuel, sa nouvelle nuisette, décidément bien courte, et qui n'avait pas laissé Issa indifférent la veille, se lève pour dévoiler la naissance de ses fesses et un triangle vacant entre le haut de ses cuisses. À l'aide du couteau, elle tranche trois oranges, enfonce la moitié de l'une sur le presse-orange et se met à la tourner du poignet.

– Mais qu'est-ce…

– Attends, je vais t'aider.

Issa se colle derrière elle, l'entoure de ses bras ; d'une main, il maintient le socle du presse-orange, de l'autre, positionnée sur celle de Julie, il l'aide à tourner le fruit ; puis il reproduit le même mouvement, mais en beaucoup plus léger, sur ses seins. D'un coup, elle lui attrape les poignets, les dégage avec force pour les positionner derrière elle, l'incitant par ce geste à descendre son pantalon. Après une première manche contre le plan de travail, Issa se déplace vers le canapé du salon avec une démarche rendue saccadée par le poids de Julie, arrimée à lui. Sa peau colle de jus d'orange ; elle étouffe ses gémissements quand elle jouit, juste avant lui. « Je suis en retard, à cause de toi, je dois me relaver. »

# 18

Modibo a mis le short à fleurs qu'il ressort chaque année pour les beaux jours. Il s'est promis de faire un peu d'exercice cet été pour muscler ses jambes trop maigres. Son nouveau casque audio à 300 euros envoie des basses bien lourdes qui l'accompagnent dans son trajet à pied vers l'hôpital Lariboisière. Le mercure dépasse trente degrés depuis la veille. Ses yeux traînent sur les femmes en tenues légères qui prennent un verre en terrasse ou qui arpentent lentement le trottoir du boulevard de la Villette. Il est encore trop jeune pour la plupart d'entre elles. Celles qui le remarquent ont l'air de le trouver mignon, mais pas forcément séduisant. Même quand elles ont son âge, elles sont en général attirées par les plus grands. Il sait que le temps joue en sa faveur, que sa progression dans le milieu musical va les attirer tôt ou tard. Puis son sens de l'observation lui a permis de conclure que les garçons comme lui, plutôt pas cons, mais pas trop sportifs, ça se bonifie avec le temps. Les nouvelles du bouche-à-oreille dans le quartier sont plutôt rassurantes : Fouad est hors de danger. Une deuxième bavure mortelle dans le 20e, après l'étouffement de Lamine Dieng dans le fourgon des flics il y a trois ans, aurait fait péter les plombs à tout le monde. Il se demande pourquoi le téléphone de son pote est éteint ; il n'a pas le numéro de sa mère et ne se sentira complètement soulagé qu'en ayant des infos de première main. S'il lui était arrivé quelque chose de grave, il s'en serait voulu à jamais d'avoir été en froid avec lui depuis quelques jours. Il faudra surtout qu'il évite le côté donneur de leçons. Après tout, l'accident est peut-être sans lien avec les petits business que Fouad avait l'air de tramer en solo. En même temps, est-ce qu'il aurait pris le risque de se faire poursuivre par les flics sans être « chargé » ? Peut-être que si. Vu la courtoisie des flics, il n'aurait été ni le premier ni le dernier à fuir sans raison apparente.

– C'est où que vous mettez ceux qui ont eu un accident de scooter ?

La dame de l'accueil le regarde d'un air blasé.

– Il va me falloir un nom, jeune homme.

Modibo repart avec un numéro de chambre. Le service chirurgie orthopédique et traumatologique se trouve dans le secteur jaune, au deuxième étage. Mme Berkat fait les cent pas devant la chambre. Elle le remercie d'être venu, mais « même moi, ils m'ont fait sortir, c'est la visite du docteur ». Le voilà qui se pointe quelques instants plus tard avec une barbichette et des cheveux gris frisés en pétard, qui lui donnent un air de savant fou. Mme Berkat présente Modibo comme « un ami de la famille » pour qu'il puisse assister au débriefing : sa fracture tibia/péroné est plutôt compliquée. L'opération s'est bien passée, mais des broches avec fixateur externe ont dû lui être installées. Ses brûlures au bras ne sont qu'au deuxième degré, il ne devrait pas garder trop de séquelles. Il va rester hospitalisé au moins deux semaines, sûrement plus. À la demande de Mme Berkat, Modibo la laisse entrer en premier. Les minutes passées à attendre sur le fauteuil métallique du couloir lui paraissent longues. La mère ressort. Pas de tristesse sur son visage – elle a même l'air soulagée –, mais une expression qui renvoie plutôt à la gêne.

– Alors, comment il va ?

– Il est réveillé, il a pas trop mal, ils lui ont donné de la morphine. C'est pour ça je pense qu'il... Qu'il n'a pas les idées très claires ; il dit qu'il ne veut pas te voir, je suis désolé, il n'est pas dans son état normal, tu sais.

Il voyait bien qu'il y avait de l'eau dans le gaz entre eux. Cachant sa déception à la mère de son ami, Modibo défait le cordon de son sac de gym et en sort un cahier et une carte micro-sim dans un petit étui transparent.

– Bon, c'est comme il veut. Il doit être fatigué, je comprends. Vous lui donnerez ça de ma part, dit-il en tendant les deux objets.

– Attends-moi, je vais lui parler.

– Non, c'est pas…

Trop tard, Mme Berkat s'est à nouveau engouffrée dans la chambre. Modibo est déjà loin dans le couloir quand la mère de son ami l'appelle. « Je l'ai convaincu, il a pas pu me dire c'est quoi son problème de toute façon. Faut que tu l'excuses… » Partie acheter quelques sucreries pour consoler son fils, elle le laisse entrer seul dans la chambre, séparée en deux par un rideau. Fouad jette un vague regard, puis fixe le vide en direction du plafond. Un mécanisme complexe maintient des vis plantées dans sa jambe gauche ; son bras droit est enroulé dans de la gaze.

– Alors gros, tellement foncedé à la morphine que tu veux plus voir ton soss ? T'es parti loin…

La réplique a le mérite de le faire sourire.

– C'est quoi ? demande Fouad d'une voix caverneuse en montrant les objets de Modibo posés sur sa table de chevet.

– J't'ai filé des sons que j'ai produits à mettre dans ton portable, et le cahier c'est pour les textes que tu vas pondre dessus pendant que t'es là.

*

Alioune et Issa n'ont pas pris le temps de discuter de l'agression de la veille devant le centre Momboye. Issa préfère s'occuper d'un dégât matériel, réparable, comme la corde tranchée de son djembé, qui doit être entièrement remonté. Ils sont descendus du métro aérien station Stalingrad. Ils auraient pu prendre la correspondance jusqu'à Crimée ou Corentin-Cariou, mais Alioune est toujours un peu tendu dans les transports, à l'affût d'un contrôle de papiers inopiné. Un silence tranquille s'installe entre eux. Ils se connaissent depuis longtemps, pas la peine de combler le vide tout au long du trajet. Mais Issa aimerait qu'Alioune lui parle de ses soucis. Il surprend régulièrement chez lui un regard vitreux qui l'inquiète. Il ne lui connaît pas de consommation de drogue à part l'herbe, mais se demande parfois s'il ne teste pas lui-même les différentes potions qu'il fabrique avec ses plantes. Mais il faut que ça vienne de lui, ça serait déplacé de jouer trop au grand frère, de donner des leçons, avec ses papiers en règle, sa jolie femme et son boulot.

Un restau au design épuré destiné aux nouveaux arrivants du quartier, en pleine rénovation, jouxte un PMU devant lequel un collègue en tenue verte qu'Issa ne connaît pas fume une cigarette en buvant son café. Le mur d'enceinte gris d'un entrepôt SNCF vient remplacer le jardin le long de la rue. Alioune fronce à nouveau les sourcils ;

comme souvent, son visage laisse transparaître des émotions qu'Issa n'a aucun mal à déchiffrer.

– Qu'est-ce qui te tracasse ?

– Le gars, celui qui a essayé de te couper hier…

– Oui ?

– C'est le même qui t'avait tapé en bas de chez nous ?

– J'ai pas pu le voir, avec le casque, mais je pense que c'est le même, celui qui conduisait.

– Mais qu'est-ce qu'il veut ?

– Comme le mari de Manuela est mort et qu'il était en embrouille avec cette bande, je suis allé chercher leur boss, voir s'ils savent où elle est, si elle est pas en danger, quoi. Ça fait trois fois qu'ils essayent de m'avoir.

– Mais c'est qui, son boss ?

– Doom's, un Sénégalais d'ici, de la cité d'à côté, je croyais que tu savais.

– Quand on te soignait, tu nous avais dit que c'étaient les gars de la cité, mais t'avais pas parlé de Sénégalais. Je veux pas te manquer de respect, grand frère, mais tu dois peut-être plus t'occuper de ta femme que de Manuela, c'est précieux ce que t'as avec Julie. T'as une vie tranquille, t'es bien en place, il faut pas gâter.

– Ça n'a rien à voir, c'est une fille que je connais bien maintenant. Tu la connais aussi. Si elle est en difficulté, on doit l'aider. Son mari est mort, je te rappelle, qui va s'intéresser ? Puis, pour être tranquille, en place comme tu dis, j'ai besoin de savoir ce qui s'est passé.

– Pour retrouver ta tranquillité, j'ai des poudres de plantes qui...

– Il faut que t'arrêtes un peu avec les plantes, là. T'es pas guérisseur. Les gars sont formés de père en fils sur des générations, c'est pas du n'importe quoi.

– Tu me connais moins bien que ce que tu crois, c'est pas du n'importe quoi, depuis petit, je connais.

– Toi, tu peux prendre ce que tu veux, personne ne peut t'en empêcher, mais proposer aux autres... Tu peux pas risquer ça, t'es pas assez formé, c'est une responsabilité. Je sais que c'est compliqué pour toi, sans les papiers, sans boulot fixe. C'est bien d'avoir une passion, seulement il faut savoir ce qu'on fait. Je veux pas te vexer, tu connais mieux les plantes que moi. Mais là, il s'agit des gens. Pour savoir ce qui est bon pour eux, il faut plus d'expérience. Ça va venir avec le temps.

– T'inquiète pas, grand frère, je sais ce que je fais. Il y a des choses qu'on sait, c'est tout, qu'on peut pas expliquer. Mais si tu veux pas... Personne n'est obligé.

Issa et Alioune s'engagent sur le trottoir étroit d'un tunnel passant sous la large tranchée ferroviaire frontière entre le 19e et le 18e, qu'empruntent les trains qui desservent l'ancienne gare de Strasbourg. À l'accueil, en les voyant, la secrétaire de la corderie Godet les oriente directement vers le bureau de Karim.

Karim salue Issa d'un check. Il examine Alioune de la tête aux pieds : « Laisse-moi deviner, toi, là, petit mais costaud, tu joues du sangpan ou du dundun, un fût renversé, quoi, où il faut la force qui part du ventre. » Alioune confirme, le type a l'œil.

Chacun une bobine sous le bras, ils prennent à nouveau le tunnel sous les voies. Alioune met la bobine sur son épaule pour plus de confort. Un réflexe qui date du temps où, apprenti d'un chauffeur de Ndiaga Ndiaye, il devait charger des centaines de kilos de bagages et de marchandises sur les galeries de ces cars rapides.

– Mais le gars, là, Doom's, tu l'as rencontré ? S'il est sénégalais, vous pourrez vous expliquer, non ?

– Je ne lui ai jamais parlé. C'est un Sénégalais, mais pas comme on connaît. Il conduit une smart… T'as déjà vu un Sénégalais conduire une toute petite voiture comme ça là ?

– La smart… Si, il y a un Sénégalais français dans le quartier… Modou… Mamodou Gueye, qui en a une…

– Mamodou, Doom's, c'est sûrement le même gars !

– Je savais pas qu'il était de la cité, moi, c'est le patron d'un restaurant de poulet.

*

– Je viens voir Doom's.

Il n'est pas encore midi et le NBC est complètement vide. Une agréable odeur, mélange de poulet grillé et d'herbes aromatiques, glisse dans les narines d'Issa.

– Vous avez rendez-vous ? demande la serveuse.

– Il faut un rendez-vous maintenant pour entrer dans un restaurant ? En plus, y a personne ici, il aura un peu de temps pour moi, répond Issa en montrant les chaises vides d'un geste ample.

– M. Gueye ne peut pas vous recevoir sans rendez-vous, insiste la fille, fière de faire preuve du professionnalisme exigé par Doom's.

– Écoute, ma sœur, c'est important, je cherche une amie qui est peut-être en danger…

La fille émet un énorme tchip, qui met à mal tous ses efforts pour être pro.

– Tu comprends pas c'qu'on te dit ? Si Doom's n'est pas au courant, il reçoit personne. Tu dégages, c'est tout !

– C'est simple, si j'le vois pas, je bouge pas d'ici.

Issa entend un bruit de pas sur un escalier métallique, probablement en sous-sol. Puis il voit une grosse tête rasée émerger derrière le comptoir. L'homme, qui porte un grand bac de salade, monte les marches, se retourne, pose le bac sur le comptoir et regarde la jeune femme, puis Issa. Il doit faire au moins un mètre quatre-vingt-quinze pour cent vingt kilos.

– Y a un problème Awa ?

– Monsieur ne veut pas partir.

Issa réalise avec effroi que l'homme, à qui il restait encore une marche à gravir, fait largement plus de deux mètres ; l'air impassible, il contourne le comptoir, attrape Issa par bras et commence à le traîner vers la sortie. Issa se sent, d'un coup, incroyablement léger.

– Nuno ! Laisse, je m'en occupe.

Un homme en complet d'été blanc et chemise parme sort de l'arrière-salle. Issa reconnaît Doom's, qu'il a déjà entraperçu dans sa Smart.

– Monsieur Issa, je présume ? Je vois que t'as déjà fait connaissance avec Nuno, notre cuisinier. C'est un grand spécialiste du churrasco cap-verdien, le top du poulet braisé. Suis-moi. Nuno, Awa, un demi-poulet pour notre invité.

– Je suis pas venu pour les cadeaux. Des réponses à mes questions, ça suffira.

– Non, non j'insiste. Tu veux pas me vexer, quand même ? Tu rentres ici, c'est comme au pays. Tu vas pas refuser mon hospitalité ?

Issa suit Doom's dans l'espace VIP, ils s'installent face à face sur deux larges fauteuils en cuir blanc. Entre eux, une table basse en bois laqué sombre. Il pensait jouer la carte du compatriote pour l'amadouer, l'inciter à parler, mais son hôte a pris les devants. Autant continuer sur le même créneau.

– Un gars comme toi, ça connaît l'hospitalité ? La teranga ? Vous, les gamins d'ici, c'est plus la loi de la jungle votre truc, non ? Enfin, toi, c'est l'impression que tu me donnes.

– Tu crois que nos parents ne nous ont rien transmis ? Et puis le bled, moi, je connais. C'est pas parce que…

– Quand je suis venu te parler à la cité, mon agression, c'était de l'hospitalité, peut-être ? Sans parler des petites visites surprises après ça.

– Bon… Faut pas le prendre comme ça. T'es un Baye Fall, non ? Dans un Daara, si quelqu'un veut voir le marabout, il débarque pas comme ça, il force pas la porte.

– Tu te compares à un marabout ? Le marabout il n'a rien à se reprocher, il est là pour montrer la voie. Si un inconnu veut le voir, on lui pose quelques questions, mais il se fait pas agresser. À mon avis, tes activités sont un peu moins spirituelles…

Alors que Doom's fronce les sourcils, prêt à riposter, Awa débarque avec son plateau.

– Voilà, demi-poulet fermier hallal façon churrasco et son assortiment de sauces du chef.

Issa regarde le plat posé devant lui, puis Doom's, qui à présent lui sourit.

– Je t'en prie, tu me diras ce que tu penses de notre spécialité.

Issa n'aime pas l'idée de goûter un plat servi dans un environnement hostile. Il se résigne quand même à arracher un pilon qu'il trempe dans une sauce verte, avant de le porter à sa bouche. La viande, marinée à point, est en effet excellente et se marie à la perfection avec la sauce.

– Pas mal, pas mal du tout même. Il finit de mâcher en fixant son interlocuteur. Je cherche Manuela, la Cubaine, tu sais où elle est ?

– Manuela ?

– Ne me prends pas pour un con. La femme de Jean-Jacques, mort il y a quelques jours. Tu le connais, non ?

Doom's pose ses yeux sur ceux d'Issa, un sourire dur aux lèvres.

– J'aimerais, moi, savoir où elle est, voir si elle peut rembourser l'oseille que son mari nous doit.

– Et lui ? J'imagine que t'as rien à voir avec ce qui lui est arrivé bien sûr.

– Avec son business de pervers, va savoir sur quel psychopathe il est tombé. Mais qui t'a parlé de tout ça ?

Toujours la même question et toujours impossible de mêler Denis à cette bande de fous furieux.

– C'est pas la question. Ce que je vois, c'est que tu fais le compatriote, mais que tu te fous de ma gueule. Moi, tes magouilles de criminel, là, ça me regarde pas. Ce que je veux, c'est retrouver cette fille, mais tu m'aides pas, tu…

Le visage de Doom's se fige, ses muscles se tendent.

– Qui tu traites de criminel ? T'es qui toi pour me juger ? Le grand Baye Fall spirituel, marié à une petite Française pour les papiers, mais qui peut pas s'empêcher de courir après une pute ! J'les connais les donneurs de leçons comme toi. Vas-y, dégage de là !

Une envie irrépressible de sauter au cou de celui qui l'insulte envahit Issa. Mais il ne joue pas à domicile et, en plus, le gars a l'air bien renseigné sur sa vie. Il se lève en essayant de rester aussi calme que possible, malgré l'humiliation. Il traverse le restaurant, sous le regard condescendant d'Awa. Près de la sortie, Nuno retourne un poulet aplati sur le gril.

# 19

Des deux pouces, Julie écarte la robe légère collée à sa poitrine par la sueur. Le tissu blanc marque facilement et elle n'a pas mis de soutien-gorge. Elle ne va pas passer par l'appartement pour se changer ni faire de manières avec un vieux copain. Elle a posé un jour de congé pour flâner tout l'après-midi dans son quartier en faisant une petite pause sieste sous le soleil au parc de Belleville. L'arrière de sa robe en garde des traces vertes de pelouse. Elle repère dans la foule le chapeau de paille à bords courts et la chemise hawaiienne un peu flashy. Xavier est installé devant une table du *Lou Pascalou*. La petite place, tout en courbe, retirée des grands axes, fait office de terrasse. Même en cas d'affluence comme ce soir, on peut toujours se servir dans les tables et les chaises en plastique vert empilées sur le côté. Un petit groupe de jazz manouche officie à cheval entre l'intérieur et l'extérieur de ce café d'habitués en matinée, qui devient le repaire d'un large public le soir. Les notes de swing viennent concurrencer les riffs de punk rock qui s'échappent du *Saint-Sauveur*, juste en face. Des clients, tendance antifa, y fument leur clope, montés sur des barrières de trottoir.

Xavier explique à Julie qu'il connaît les trois quarts du groupe de jazz, avec qui il a déjà tapé le bœuf. Il commande deux pastis à une jeune serveuse avenante. Elle le félicite encore une fois pour sa prestation à la soirée de clôture. Puis Xavier se demande comment ça se fait qu'ils aient vécu si longtemps dans la même ville sans se voir. Ils reviennent sur les années lycée à Bordeaux et sur ce que sont devenus les uns et les autres. La conversation s'arrête un moment, les verres sont déjà vides, il va falloir recommander à boire. Il la regarde avec un sourire à la fois timide et charmeur.

– Tu savais que j'en pinçais pour toi à l'époque ?

Elle rougit, préfère éluder la question et profite d'un mouvement de foule pour l'entraîner par le bras vers une petite piste de danse improvisée entre les chaises écartées. Xavier se débrouille plutôt bien, sans trop d'efforts, mais en véritable cavalier, technique, qui utilise l'énergie de sa partenaire pour la mettre en valeur. Ils dansent jusqu'à la fin du concert, puis décident de partager leur table avec un autre couple qui a pris leur place entre-temps. Tout compte fait, la proximité de ses intrus induit entre eux une certaine gêne.

– Tu dois retrouver Issa ?

– Je sais pas ce qu'il fait, il doit être avec ses potes. Tu sais, en ce moment…

– Viens, j'ai un truc à te montrer.

Dans la rue Victor-Letalle, le petit bar de quartier tenu par des Kabyles a mis la clef sous la porte. Julie se souvient que, peu après son arrivée à Paris, Issa l'y amenait pour des soirées sound system enfumées jusqu'à pas d'heure. À sa place, un nouveau lieu à la décoration 50's léchée, repaire de jeunes hommes au style rockabilly parfait et de jeunes femmes à la mise burlesque impeccable. Cinquante mètres après avoir tourné rue de Ménilmontant, Xavier compose le code d'un immeuble dont la façade nécessiterait un ravalement. Julie remarque le sol ancien en damier de l'entrée. Ils débouchent sur une cour pavée où Xavier ouvre une porte. L'intérieur sent la peinture fraîche. Tout fier, Xavier lui fait l'étalage de la transformation de l'endroit, à base de récup : une grande planche en deux parties escamotables, pliée contre le mur, peut faire office de bureau ou de table à manger ; les portes des placards sont d'anciens volets décapés juste ce qu'il faut et recouverts de cire dure végétale et, *last but not least*, il lui présente la salle de bain-couchage-rangement entièrement construite en bois. La pièce doit faire à peine vingt mètres carrés au sol, pourtant elle paraît spacieuse. Xavier prend Julie par la main et l'entraîne avec lui sur la mezzanine.

– Alors, qu'est-ce que t'en dis ?

– Ça m'étonne pas que tu saches faire des belles choses avec tes mains…

Légèrement étourdie par les verres de pastis, Julie s'allonge en arrière sur le lit ; Xavier l'imite, leurs bras nus se touchent ; d'un mouvement des épaules, il tente de l'embrasser. Au dernier moment, elle tourne la tête ; sans se démonter, il lui colle une bise sur la joue. Ils restent immobiles plusieurs secondes en regardant le plafond.

– Je crois que je vais pas tarder, Issa doit être rentré. Je sais que c'est ambigu, mais je veux pas lui faire ça.

En grimpant la rue de Ménilmontant pour rentrer chez elle, l'alarme des SMS retentit dans son sac. C'est Xavier.

À ta place, je me gênerais pas.

*

Dès que ses colocataires sont sortis, Alioune en a profité pour déballer le matériel dont il a besoin : une pipette, un bécher, un mortier en céramique et une pince en bois, disposés soigneusement sur un linge blanc. Une fois tout en place, il allume le petit réchaud qui reste en permanence sur la table basse pour faire le thé.

Il n'a pas eu de nouvelles d'Issa depuis qu'il lui a dit où trouver Doom's. Il se demande encore s'il a bien fait de donner cette information, d'autant plus qu'il préférerait que son ami arrête de se préoccuper de Manuela. Alors qu'Alioune galère, Issa a oublié la chance qu'il a d'avoir épousé Julie. Depuis qu'il a ses papiers et son boulot, il a pris la grosse tête, perdu de vue ses priorités.

L'eau commence à frémir dans la casserole léchée par les flammes bleues. Il sort un pochon en plastique contenant des feuilles vert olive qu'il jette dans le mortier. Il pile avec application, puis avec colère. C'est toujours comme ça, les plus belles filles sont attirées par les gars déjà pris. Manuela mériterait autre chose. C'est lui qui aurait dû décrocher ce rendez-vous avec elle. Quand il l'a vue, il a tout de suite su qu'il pourrait faire disparaître sa tache grâce aux plantes. Dès qu'il en aura l'occasion, il la persuadera.

Il s'interrompt pour sortir son portable et afficher la photo de Sokhna. Il l'a trouvée sur Internet. Elle n'a pas changé depuis leur préadolescence, sa peau toujours aussi pâle, légèrement rosée, ses nattes collées blondes et son œil malicieux. Il aurait fini avec elle s'il n'avait pas été chassé par les superstitieux de son quartier d'arriérés. Il décèle chez les deux femmes la même énergie, le même type de destin. Leur fragilité attise ses instincts de guérisseur. L'eau se remet à frémir. Il continue de mélanger avec soin. Il n'a pas répondu à Farid qui essaye de le joindre depuis une semaine. Sur le répondeur, des messages lui rappelant sa dette envers la bande pour la skunk avancée à crédit. Il n'aurait pas dû accepter ce deal.

*

Issa ne veut pas se laisser abattre. Pourtant, il y aurait de quoi : à la tentative de séquestration sont venus s'ajouter les coups, puis maintenant l'humiliation… Il a d'abord envisagé de passer rue Moret, essayer de se détendre auprès des trois colocs, qui auraient trouvé les mots justes pour l'apaiser. Il a préféré rentrer chez lui, enchaîner quelques séries de pompes et d'abdos. Après sa douche, il a appelé Firmence, la dame qui l'avait gentiment accueilli chez elle dans l'immeuble de Manuela, pour proposer de lui faire quelques courses. Il a dû insister pour qu'elle le laisse avancer les frais. Elle a fini par lui communiquer une liste. À la caisse du Franprix, il a vu Julie dans sa petite robe blanche remonter la pente sur le trottoir d'en face. Elle regardait son portable, l'air songeur. Il ne peut pas – ne peut plus, à ce stade – lui parler de ce qui le tracasse, de ses mésaventures avec l'équipe de Doom's et il sent que ça l'éloigne encore plus d'elle.

Il est essoufflé en arrivant au sixième étage chargé des sacs de provisions. Firmence le remercie avec insistance. Elle lui propose un pourboire, qu'il refuse, bien entendu, puis elle l'invite à prendre un cognac, qu'il refuse également.

– Oh ! Excusez-moi, vous êtes musulman peut-être ?

– Oui, mais ça m'empêche pas de boire un coup de temps en temps, s'amuse-t-il.

Il finit par se laisser convaincre. Firmence descend la bouteille de « Napoléon hors d'âge », bien en évidence sur une étagère. Elle explique que son mari l'a achetée avant son décès ; il en gardait toujours une pour les grandes occasions. Issa est un peu attristé à l'idée que sa simple visite soit pour elle « une grande occasion ». Elle remplit du liquide ambré une bonne moitié de verre à whisky. « Au moins six ans d'âge, le Napoléon », précise-t-elle, non sans fierté. Issa se délecte de la liqueur au goût subtil. Firmence, par contre, ne boit pas d'alcool ; elle se sert un verre du jus d'orange qu'il a rapporté. Ils ne veulent pas parler de Manuela. Tous deux savent que la question serait évoquée si l'un ou l'autre avait des nouvelles. La discussion d'usage sur le travail les sort de l'embarras. Firmence a fait toute sa carrière à la Sécu, comme son mari, coureur cycliste amateur. Elle semble surprise d'apprendre qu'Issa est éboueur. Au moment de partir, elle le retient quelques instants.

– La dernière fois, vous posiez des questions sur l'immeuble, le nouveau président est rentré de vacances. Il est très aimable. Il pourra vous renseigner si vous allez le voir de ma part.

Philippe Couderc habite dans l'un des deux autres bâtiments de l'immeuble. Son accent semble familier à Issa, il en a entendu la mélodie dans la périphérie de Bordeaux en visitant la famille de Julie. Il a la cinquantaine bien entamée et porte un gilet en laine sans manches sur son tee-shirt malgré la chaleur. Il le fait entrer sans hésiter à l'évocation de Firmence, qui déclenche chez lui un sourire attendri. Issa lui expose la raison de sa présence.

– Elle n'est pas réapparue, la petite danseuse ?

– Ça fait dix jours que j'ai pas de nouvelles, depuis la Fête de la musique. On avait rendez-vous et elle est jamais venue.

– Faut dire qu'on n'habite pas dans le même bâtiment. Vous êtes au courant pour son mari, je suppose.

– Oui, j'ai appris qu'il est mort dans sa boutique.

Les yeux bleus de Philippe Couderc s'assombrissent.

– Vous êtes allé voir la police ?

– Je me sens pas autorisé, je la connais pas depuis longtemps.

– Oui, vous me direz, elle est adulte et vous n'êtes pas de la famille. Je ne vous cache pas que la mort de Marlant ne m'attriste pas beaucoup. Je me suis toujours demandé ce qu'une belle fille comme elle faisait avec lui. Il était copain comme cochon avec l'ancien président du conseil syndical, Bernard Michel, qu'on a enfin réussi à virer. Je sais pas si Marlant était dans les mêmes magouilles que lui, mais il le soutenait. On a tout eu pendant sa présidence : il a hérité du studio d'une petite vieille qui de son vivant ne voulait même pas lui parler ; il le loue depuis à des sans-papiers pour un prix hallucinant. On a eu de la prostitution, des ateliers clandestins, tout ça alors qu'il fourrait son nez partout. Il y a un autre appart dont le propriétaire est supposé être aux États-Unis. On l'a jamais vu, mais c'est Bernard Michel qui a l'air de récupérer les loyers. Des travaux ont été lancés pour assainir les caves : elles ont toutes été décloisonnées et, comme par hasard, il a été le seul à s'en faire reconstruire une de plus de trente mètres carrés, avec la clim', la télé et même un billard à l'intérieur. Tout ça, branché sur l'électricité de la copropriété. On va mettre des mois, peut-être des années à tout mettre au clair, à faire le ménage. En plus, il se balade avec son arme de tir sous ma fenêtre pour m'impressionner. C'est pour ça, quand je sais que l'autre était son copain… Ça fait des années qu'on se bat contre eux, j'ai failli me séparer de ma femme tellement ça m'a stressé.

Déconcerté par tout ce déballage, Issa ne sait pas trop comment réagir. Il faudrait qu'il puisse parler au fameux Bernard Michel, mais plus les gens lui en parlent, plus le type a l'air louche et retors. Distraitement, il répond :

– Je me doutais pas qu'il y avait ce genre d'immeubles dans Paris.

– Bien sûr que si ! Il reste des tas d'immeubles gérés par des marchands de sommeil, des margoulins, il y en a encore pas mal dans le quartier. De moins en moins, parce qu'ils sont démolis ou réhabilités par la mairie. Celui-là est spécial, car il est très grand et presque tous les appartements sont des studios. C'étaient des chambres pour les ouvriers des carrières de gypse, sous Napoléon III.

C'est peu dire que les gens ont envie de parler de leurs soucis de copropriété. Cet immeuble en a abrité, de la misère, de la solitude et des embrouilles. Mais ça ne l'avance pas plus que ça. Son interlocuteur semble lui faire confiance, il faut qu'il profite de l'aubaine.

– Au fait, j'ai trouvé un objet qui appartenait à Manuela dans un carton à côté des poubelles, on m'a dit que c'est les hommes de ménage qui utilisent des cartons quand ils balayent.

– Oui, le gérant du restau turc en met à leur disposition dans le local technique.

– C'est possible de rencontrer l'homme de ménage ?

– Normalement, ils sont là les mercredis et vendredis matin. Mais là, ça fait plus d'une semaine que le ménage n'a pas été fait. On est en train de changer de société. Là encore, c'étaient des copains de Bernard Michel… magouille et compagnie. Si ça se trouve, c'est même lui qui est derrière la société.

– Vous pouvez avoir son nom ?

– Ils étaient plusieurs à défiler, je pense pas qu'ils soient déclarés. Je vais essayer de retrouver ça dans la paperasse, mais c'est tout un bordel, on a encore des documents à récupérer auprès de l'ancien syndic.

En quittant l'immeuble, de nouveau ce couloir sombre pavé en damier et la boîte aux lettres Marlant/Mambí débordant de courrier et de pubs. Issa aimerait y voir un peu plus clair.

*

Elle a la bouche sèche, comme si elle n'avait plus du tout de salive. Pourtant, la bouteille d'eau qu'il lui a laissée est à portée de main. Elle n'en veut pas, plus. Elle a un goût infect et ne fait qu'augmenter sa soif. La surexcitation des jours précédents a laissé place à une lourde léthargie. Maintenant, elle se voit allongée sur le canapé, extérieure à elle-même. Sa tache a quasiment disparu. Ses pupilles sont énormes, d'un noir profond, elles ne laissent qu'un mince filet blanc sur le bord de ses yeux. Ça lui donne un regard terrifiant, mais intense, beau. Même avec toute sa technique en maquillage, elle ne pourrait obtenir une telle intensité. Il a osé lui dire qu'elle ressortirait renforcée de cette expérience. Que ça allait la reposer, la soigner, la faire retrouver son destin. Qu'est-ce qu'il peut bien en savoir, de son destin ? Toutes ses pensées prennent des formes, des couleurs, des visages qui défilent, tourbillonnent, se superposent comme un effet d'optique, celui d'une grande roue tournant à toute vitesse. Écœurée, elle vomit le kebab qu'il lui a amené au déjeuner. En même temps qu'elle s'essuie la bouche avec la main, la roue s'arrête sur le visage d'Issa.

*

Vlado pose quelques instants son regard sur la Porsche Cayenne garée devant le salon de thé Louxor. À l'intérieur, Doom's s'est déjà fait apporter une chicha et un jus de mangue ; il discute avec un homme bedonnant au vieux pull élimé.

– Bernard, je te présente l'inspecteur Stankovic.

L'homme lui tend une poignée molle, le regard fuyant.

– On se connaît, je crois. Je suis lieutenant, on dit plus inspecteur.

Bernard Michel bredouille quelque chose et rejoint, trois tables plus loin, deux types ayant comme lui la cinquantaine.

– Tu connais ce type ? demande Vlado en s'asseyant sur un tabouret couvert de velours mauve.

Il a reconnu le mec qui tripotait son arme dans l'immeuble du gros Jean-Jacques.

– C'est un mec du coin. Il me file quelques conseils pour mes investissements dans le quartier. Un bon contact. On dirait pas comme ça, mais il connaît du beau monde.

Un serveur apporte un deuxième embout pour la chicha et prend la commande de Vlado. Doom's tire une grande latte et recrache la fumée parfumée à la pomme.

– Alors, du nouveau ?

– Depuis la perquise, rien de neuf. Je sais pas où se planque Farid, mais c'est chaud pour lui, son signalement est partout.

– Sois un peu plus discret, dit Doom's un ton plus bas. C'est blindé de collègues à toi ici. Et pas seulement : les deux gars avec Bernard, c'est des mecs de la DGSI.

Vlado balaye la pièce d'un mouvement de tête discret : parmi la clientèle de blédards, des Égyptiens sans doute, plusieurs hommes ont en effet une dégaine à être de la maison.

– Et toi t'es là, pépère, s'amuse Vlado.

– Moi j'suis offishal, mon pote, dans la place comme on dit. Un jeune entrepreneur prometteur du quartier.

– Ça sert pas d'alcool ici, c'est chelou qu'ils viennent tous là.

– Ils viennent pas là pour boire. Ils préfèrent avoir les idées claires de toute façon, ça grouille d'infos. Si t'as tes entrées ici, tu sais tout ce qui se passe dans le quartier, ou presque.

– Bon, je sais pas comment vous allez faire pour qui tu sais, mais ça risque d'être chaud de passer dans les aéroports. Tu lui as fait faire des papiers ?

– T'inquiète, on gère, c'est rien ça.

– Moi j'ai fait ma partie en tout cas.

– Je sais, je te revaudrai ça.

Alors que le tabac goût pomme a bientôt achevé sa lente combustion, Bernard Michel salue les deux hommes attablés avec lui et se lève. Il s'approche de la table de Vlado et Doom's.

– Bonsoir, monsieur Gueye, bonsoir inspecteur.

– Tu fumes pas la chicha avec nous ? lui lance Doom's.

– Nan, ça c'est pour vous les étrangers, s'amuse Bernard. Moi je me contente de mes cigares et de mon whisky breton. D'ailleurs j'y vais là, passer quelques jours chez moi près de Vannes, je fais la route de nuit, je préfère.

Vlado regarde l'homme à la dégaine négligée sortir en prenant son temps avant de se mettre au volant de la Porsche Cayenne. Comme si le fait d'avoir une voiture de luxe et de fréquenter des barbouzes le dispensait de s'habiller correctement.

# 20

Le coup de fil de Mohammed Bangoura lui a insufflé le regain d'énergie qu'il cherchait après deux semaines à enchaîner les déconvenues. Issa était en train de courir aux Buttes-Chaumont quand il a reçu l'appel sur son téléphone diffusant une playlist dédiée au running. Il commençait tout juste à trouver son second souffle. En entendant ses halètements, Mohamed, qui pensait le déranger, avait failli raccrocher. Il lui a finalement proposé, ainsi qu'à Alioune, de participer à sa tournée aoûtienne en province. C'est la première fois, qu'on lui propose d'enchaîner plusieurs dates à travers la France.

Il est encore tôt et les riverains ne se sont pas encore rués par grappes sur les pelouses pentues pour y bronzer. Avant de reprendre la course, de finir le nombre de tours qu'il s'est fixé, Issa appelle Alioune pour lui annoncer la nouvelle qui pourrait changer leur été. Encore plus que lui, son ami a besoin d'un nouveau souffle, d'une activité valorisante qui le sorte des pensées maussades provoquées par l'incertitude néfaste de la clandestinité. Il lui laisse un message le préparant aux répétitions intensives nécessaires pour intégrer le répertoire du ballet guinéen. Le téléphone sonne encore pour interrompre une rythmique nyambinghi qui démultipliait l'ampleur de ses foulées. C'est sûrement Alioune, il attendra d'être à l'arrêt pour le rappeler. La prochaine fois, il règle son portable en mode avion. En découvrant le nom sur l'écran, il s'arrête net.

Philippe Couderc a du nouveau.

– C'était un peu le boxon, mais en triant les documents qu'on a arrachés au syndic, j'en ai trouvé qui mentionnent les employés des sociétés de nettoyage. Je préférerais ne pas vous envoyer des copies sans l'autorisation du conseil syndical, mais vous pouvez, quand vous voudrez, passer prendre un café et les consulter.

– Il y a beaucoup de noms ? Vous pouvez me les donner au téléphone, je veux dire ?

– C'est aussi une option, il n'y en a pas tant que ça, j'y avais pas pensé, s'amuse-t-il. Après, vu l'état des dossiers, je les ai sûrement pas tous, mais il y a :

Simana Barua, Moussa Diak, Issa Dieye et Martha Villanova.

En entendant son propre nom, Issa manque de tomber.

*

Lætitia. C'est à elle que vont ses pensées dès que la douleur stridente qui pulse à l'arrière de son crâne le sort du magma cotonneux de l'inconscience. Que lui ont-ils fait ? Elle dormait à poings fermés dans la roulotte qu'Ange leur a prêtée. Elle n'a rien vu. A priori, ils ont dû la laisser tranquille. Il l'espère de toutes ses forces et frissonne à l'idée du contraire. Il était juste sorti de la caravane au petit matin pour pisser au fond du terrain. Combien de temps a-t-il passé dans ce coffre avant de se réveiller ? Il veut toucher la blessure, vérifier s'il saigne, mais ses mains restent bloquées derrière lui, au niveau des reins. Il force. Un lien en plastique trop serré lui entaille les poignets. Serflex. Il se contorsionne pour permettre à ses mains immobilisées de caresser la surface sous son corps. Ses doigts parcourent les poils ras d'un revêtement de type moquette. Il est pris dans une marée de forces centrifuges. Des virages. Le bruit du moteur correspondrait bien à un V8 diesel. Vu la taille du coffre, sans doute un SUV, une Audi Q7, peut-être. Ils se font pas chier, les mecs. Un de ces nouveaux sons sirupeux bourrés d'Autotune, qu'il déteste, résonne de l'habitacle. À coup sûr, des gars de la Banane qu'il connaît, ou des Tchétchènes payés pour faire le sale boulot. Il verra bien. Quand les flics l'ont relâché en 2007 sans rien lui mettre sur le dos, il n'a plus remis les pieds au quartier. Il a profité de l'aide de Doom's pour s'acheter le pavillon, s'installer avec Lætitia, se consacrer à son nouveau taf et rester discret. Les noms qu'il a lâchés, ils allaient les avoir de toute façon. Plus de virages, mais une grosse accélération en ligne droite qui le plaque contre la porte du coffre. Il n'a jamais culpabilisé. Mais les gars de la Banane, son cousin Shérif en tête, se sont demandé dans quelle taule il était et sa mère n'a pas su mentir à sa sœur, la tante de Farid. Un petit de la Banane l'a croisé au centre commercial Clichy 2 et Shérif a demandé sa mort depuis Fresnes. S'il n'avait pas supplié Doom's dc l'aider, de montrer les muscles, il ne serait déjà plus. Une guerre des deux cités rien que pour sa gueule. Pourra-t-il le sortir de la merde une fois de plus ? Ça s'annonce mal en tout cas : il a déconné avec le gros, et Doom's risque de bientôt en avoir sa dose. Si ça se trouve, ces gars ne comptent même pas négocier. La voiture ralentit et amorce un virage en épingle à cheveux. Ce qu'il aimerait savoir, c'est comment ils l'ont trouvé. Ils peuvent pas connaître Ange, encore moins son adresse. L'Audi Q7 s'immobilise, le moteur se tait. D'après leurs voix, c'est bien des Français.

– T'as faim ?

– J'ai la dalle de ouf, c'est bien ici ?

– C'est les meilleures grillades du 94, tu rentres, t'es direct à Porto.

– Vas-y, attends, je vais voir s'il s'est pas réveillé l'autre.

Farid fait le mort.

*

Courir. Ne pas laisser aux muscles le temps de refroidir ni à une explication hâtive et cauchemardesque l'espace de s'installer. Descendre deux à deux les marches vers la sortie, franchir la grille du parc, débouler sur l'avenue Simon-Bolivar. D'ordinaire, Issa n'aime pas courir à même la rue ou sur les trottoirs, imposer sa sueur et son souffle haletant au beau milieu des piétons. Il trouve ça inapproprié, hors rythme, à contretemps. Ses écouteurs de course sont remisés dans sa poche de jogging, leur cordon emmêlé autour du téléphone qui rebondit contre sa cuisse au rythme des foulées. Il ne veut plus de musique dans les oreilles. Avant d'avoir une réponse, ce serait indécent. Dans les regards croisés, il n'a plus l'air d'un joggeur. Des passants lui jettent un bref coup d'œil, parfois étonné, puis scrutent au loin, derrière lui, comme pour voir s'il ne se fait pas courser. Il coupe par les marches de la rue de l'Équerre, franchit un tronçon de la rue de Belleville, longe le bas du parc du même nom, où, sous un son R & B au diapason, il se fraye un chemin dans une foule qui regarde des gamins au dossard rouge et jaune taper le ballon, encadrés par des jeunes aux tee-shirts noirs siglés « Belleville en vrai ». Il s'attarde une seconde sur la plaque de la rue du Sénégal qu'il n'avait jamais remarquée, avant de déboucher par la rue Bisson sur le boulevard au niveau du métro Couronnes. Devant un mannequin en voile intégral d'une boutique de la rue Jean-Pierre Timbaud, il est pris d'un point de côté. Il continue dans une marche rapide boitillant jusqu'à l'immeuble de la rue Moret. Il avale six étages, les cuisses raidies par l'acide lactique, et tape sans doute un peu trop fort sur la porte.

– C'est bon, c'est bon, j'arrive putain.

En lui ouvrant, Oumar écarquille les yeux devant son état : couvert de sueur, essoufflé, le regard azimuté. Issa écarte son ami, pourtant imposant, d'un geste du bras, se précipite vers le mur de la pièce principale pour s'agenouiller devant l'une des trois malles d'acier qui y sont alignées. Le voyant extirper les affaires d'Alioune à toute hâte, Oumar le tire légèrement par l'épaule.

– Mais qu'est-ce que tu fais ?

– Tu sais où il est ? lance Issa en continuant à fouiller dans l'imposante boîte métallique.

– Alioune ? Il est pas beaucoup là cette semaine, il court toujours à droite à gauche dans le quartier. Je sais pas ce qu'il fait. Tu l'as appelé ?

Sans réponse, Oumar observe, perplexe, les vêtements, les cartons, les sachets de poudres, de feuilles en vrac, un sac de terreau, les gris-gris, les talismans en cuir enchevêtrés qui s'accumulent sur la moquette. Il essaye à son tour de joindre Alioune sur son portable. Sans résultat.

– Tu veux pas dire ce que tu fais ?

– Je te dirai quand je saurai.

– Quand tu sauras quoi ?

Issa ouvre un dossier en carton, trouvé au fond de la malle. Il feuillette le contenu : des papiers administratifs, français et sénégalais, des photos du Sénégal, des tickets de concert et un prospectus du Jardin des Plantes.

– C'est tout ? C'est tout ce qu'il a comme affaires ?

– Oui… Je sais pas, on n'a pas de placards ici de toute façon. C'est tout, je crois. Enfin y'a sa serre sur le toit, mais à part les plantes… Si je sais pas ce que tu cherches… tu devrais l'attendre… ça se fait pas, tu…

Issa est déjà sur le palier en train de décrocher du mur une grande échelle en bois, qu'il lève jusqu'à la trappe de désenfumage. Le pied sur le dernier barreau, il passe un genou sur le toit. Une sensation de vertige l'attire vers la gouttière et l'empêche de se mettre debout. Il avance à quatre pattes vers la cheminée derrière laquelle il a aperçu Alioune, il y a quelques jours de ça. Au dos de la cheminée, il est surpris par la qualité de la construction. Il ouvre une porte fixée par des gonds métalliques. Une quinzaine d'espèces de plantes s'offre à lui. Là non plus, rien à signaler de particulier. Épuisé, en nage, Issa s'assoit sur le zinc pentu devant l'entrée de la serre. La vue apaisante des toits parisiens par beau temps l'aide à reprendre son souffle et ses esprits.

Une chose est sûre, c'est qu'il lui a menti. Il n'a pas pu oublier de lui dire qu'il travaillait dans l'immeuble de Manuela. Et ce peigne cassé qu'il trouve comme par hasard dans les résidus de balayage… Il avait bien vu qu'il ne tournait pas rond. Et ses foutues plantes qui lui font perdre la tête ! D'un coup, il tourne sur lui-même, se remet à quatre pattes et pénètre à moitié dans la serre. Il commence à retourner un à un les bacs de terreau en les vidant de leur contenu. Un monticule de terre quasiment noire se forme avec, çà et là, qui dépassent, des racines et des bouts de plantes de différentes nuances de vert. Le dernier bac ne contient que des restes de plantes mortes et semble plus léger. En le renversant, un sac en plastique noir tombe sur la terre retournée. Dans le sac, une boîte en cuir de chèvre plaqué sur du bois sculpté. Il soulève le couvercle ; à l'intérieur, à côté d'un petit sac en tissu contenant une poudre brunâtre, une dent de peigne en bois autour de laquelle est enroulée une mèche de cheveux doux et crépus.

*

Farid a reconnu l'odeur du chloroforme, il s'est mis en apnée in extremis, avant qu'un des gars, le pensant encore inconscient, ne lui colle le chiffon imbibé sur le nez. Un peu étourdi, il a réussi à se maintenir éveillé une fois le coffre refermé. Il croit connaître le restau de grillades portugais évoqué. Les pas des deux hommes s'éloignent sur du gravier. S'il a vu juste, il doit être à Champigny, sur le parking désert à l'arrière du restau. À part les deux gars qui l'ont kidnappé, peu de chance que quelqu'un l'entende s'il se met à gueuler ou à cogner sur les parois de l'Audi. Son doigt accroche un trou dans le fond du coffre, destiné à soulever la trappe pour accéder à la roue de secours et peut-être, qui sait, à un quelconque ustensile qui pourrait l'aider à se sortir de là. Le problème est qu'il pèse dessus de tout son poids. Il tourne dans tous les sens pendant plusieurs minutes pour tenter de trouver la position adéquate. Il finit par se mettre dans le sens de la longueur du coffre, prend appui sur ses talons et sa tête pour relever le milieu du corps. Il accroche d'un doigt recourbé la trappe, qu'il fait glisser tant bien que mal sur le côté. Le tournevis à l'extrémité tranchante trouvé dans la trousse à outils devrait faire l'affaire. Il commence à attaquer le plastique du Serflex dans un petit va-et-vient moins précis que ce qu'il aurait souhaité, qui lui blesse la face intérieure du poignet. Il faut faire vite. Il se met à espérer que ses ravisseurs soient des mangeurs lents. L'obstination finit par payer, le Serflex cède. La libération de ses mains lui ôte un poids qui met l'accent sur son irrépressible envie de pisser, ce qu'il était censé faire au départ en sortant de la caravane. Pas question de baigner dans sa pisse. Il tâtonne dans le noir, met la main sur un bidon d'huile à moitié vide. Il lui servira de pistolet. C'était le nom de la petite pissotière portable qu'il a utilisée pendant son immobilisation d'un mois à l'hôpital, après son plus grave accident de moto. Il se précipite pour reboucher le bidon, pour s'épargner les odeurs d'huile et d'urine. Ce qu'il lui faudrait, à coup sûr, c'est un vrai, de pistolet. En attendant, une grosse clef à boulons de roue est la meilleure arme disponible. Il reste encore une chose à tenter : essayer de déboîter les sièges arrière pour se retrouver dans la cabine. Une série de coups d'épaule, sans le recul nécessaire, s'avère complètement inefficace. Il enchaîne avec des coups de talon, mais s'arrête net en entendant leurs voix et leurs pas sur le gravier. La clef dans la main, il se tient prêt.

# 21

Son instrument sur le dos, Issa s'approche d'un des spots boisés du parc de la Villette prisé par les percussionnistes. Entre la Grande Halle et le Zénith, masqués par les arbres, de petits espaces autonomes que les groupes peuvent s'approprier pour répéter. Il y a le coin des Antillais avec leur gwoka et le coin des djembefola. Parfois, rarement, ça se mélange. Aujourd'hui, aucun bruit de tambours, mais des cris d'enfants qui se coursent à vélo. Il a laissé Oumar dans l'incompréhension. Il lui donnera les explications qu'il lui doit le moment venu. En remontant vers chez lui, il a appelé Alioune toutes les cinq minutes, en saturant son répondeur de messages. Dans l'appartement, Julie, au téléphone, s'est isolée dans la chambre, comme si elle ne voulait pas qu'il entende sa conversation. Dans l'état de confusion qui était le sien, il a juste remarqué ce détail sans vraiment s'en préoccuper. Il a simplement pris son djembé avant de repartir sans un mot. Face à son impuissance, la seule façon de tenir le coup est de rester fidèle à son programme : répéter pour la tournée de Mohamed Bangoura. Il s'installe sur un des bancs en béton, sort l'instrument de sa housse. Il y fixe une sangle pour pouvoir jouer debout. Il lance l'appel, *Pra papa papapa pa pa* et enchaîne avec l'accompagnement : *param pidipa, param pidipa, param pidipa...* La peau est tendue au maximum. Sans dundun pour lui fournir la base, la ligne de basse, il doit l'entendre dans sa tête : *bombom bombom bom bombom clingcling cling bombom bombom bom bombom clingcling cling...* Il s'applique à placer des phrases de solo dans les interstices laissés par l'instrument imaginaire.

Le kassa est un des premiers rythmes qu'ils ont répétés avec Alioune peu après leur rencontre sur l'île de Gorée où ils s'étaient, l'un et l'autre, réfugiés. Issa, jeune adulte, fuyait une mère autoritaire, Alioune, encore ado, se protégeait d'un clan entier, superstitieux et cruel.

Grâce à une coordination parfaite de ses gestes, Issa enfile la sangle, qu'il croise derrière son dos sans s'arrêter de jouer, une prouesse chorégraphique et musicale qui fait son petit effet devant un public. Il se lève, avance, le djembé entre les jambes et, en soliste qui se respecte, accélère la cadence de ses phrases. L'un des cals sur ses mains s'est fissuré, imprégnant la peau du tambour d'une goutte de sang. Il accélère encore. Les instruments imaginaires qui l'accompagnent dans sa tête peinent, mais arrivent à le suivre tant bien que mal. Le sang s'écoule davantage sur la peau de chèvre. Un vrai sacrilège que de souiller ainsi l'instrument passeur des rythmes ancestraux. *Bombom bombom bom bombom clingcling cling bombom bombom bom bombom clingcling cling…* La boucle rythmique du dundun sonne trop vrai pour être juste dans sa tête. Elle semble venir de l'extérieur de lui-même ; il se dirige vers elle, continuant à enchaîner les phrases de solo dans une cadence maximale. Il traverse une allée sous le regard ahuri des passants. Le sang continue de s'écouler. Il sait qu'il est en train de flinguer sa peau. *Bombom bombom bom bombom clingcling cling bombom bombom bom bombom clingcling cling…* la phrase l'attire vers elle. La pensée a fusé dans sa tête un peu plus tôt, puis il l'en a chassée. Mais si. C'est bien lui dans le coin des Antillais qui plisse les yeux, complètement absorbé par son dundun. Issa jette son djembé dont le bois cogne durement le sol, court vers lui et lui saute dessus. Son bâton et le boulon avec lequel il tape sur la cloche s'envolent. Il l'attrape par le col, le secoue de toutes ses forces.

– Elle est où ?! Elle est où, espèce de malade ?! Qu'est-ce que t'as fait ?!

– Te fâche pas, pitié grand frère, il faut comprendre.

– Dis-moi où ! Où elle est…

– La cave, la cave de Monsieur Bernard. Je lui ai rien fait, je…

Issa roue de coups son camarade, qui laisse faire, jusqu'à ce que des badauds viennent les séparer.

*

Ces cons n'ont même pas pris la peine d'ouvrir le coffre, ils ont tout de suite démarré, comme s'ils l'avaient oublié. Il aurait aimé. Une envie de hurler part de ses tripes, remonte jusqu'à sa gorge. Il la réprime au dernier moment. C'est comme en boxe, la panique est l'avant-chambre de la défaite. S'il n'a ne serait-ce qu'un seul coup à jouer, la surprise doit être son alliée. Les bruits de voitures croisées se font de plus en plus rares. Ils l'emmènent visiblement dans un coin isolé, ce qui n'augure rien de bon. La voiture roule au ralenti, les soubresauts qui le secouent indiquent la présence de nids-de-poule. Un chemin forestier, ou une route en travaux. Le silence, seul arrière-fond du bruit de moteur, le fait pencher pour la première option. Les secousses s'amplifient d'un coup. Une sortie de route. L'Audi s'immobilise enfin. Des chants d'oiseaux lui parviennent, étouffés par l'acier et l'aluminium de la carrosserie. Il a mûrement calculé sa position : le dos tourné à l'ouverture, la lourde clef cruciforme bien en main, planquée, collée contre son ventre, prêt à déclencher un mouvement circulaire souple et rapide. Ça devrait le faire. D'autant plus que, le pensant inconscient, le gars va se pencher pour le secouer. Pour le deuxième, il faudra jouer d'un peu de chance, retrouver la baraka, l'intelligence intuitive du geste qui l'a fait terrasser des molosses, le mojo indéfectible qui lui a valu sa réputation d'invincibilité dans les bastons de rue de sa jeunesse au quartier. Une portière claque, puis l'autre, le mécanisme d'ouverture du coffre émet un déclic, la lumière tamisée par les feuillages s'imprime sur les parois qui l'entourent et, le geste tant étudié à peine enclenché, une décharge électrique se répand dans son système nerveux, inflige à son corps une série de spasmes. La douleur est si intense qu'il ne sent même pas la clef dans sa main heurter son genou.

– T'as cru quoi, qu'on t'a pas entendu bouger ? dit le gars, fanfaron, son taser à la main.

Rien à perdre, en émettant un hurlement primitif, il pousse des deux pieds sur le fond du coffre pour bondir sur l'homme au taser, qui le cueille d'une décharge de matraque électrique dans la gorge. Il se retrouve les pieds toujours dans le coffre, la face à même la terre. Devant ses yeux, de jeunes pousses de pissenlit.

– Lève-toi, sinon j'envoie encore la sauce.

Il laisse le bas de son corps dégringoler du coffre et se met péniblement debout, réalisant que son genou est en train d'enfler. Le type, qui doit avoir comme lui la trentaine, lui dit vaguement quelque chose ; il a bien dû le croiser à la Banane quand il y mettait encore les pieds. L'autre, plus jeune, barbe taillée et cheveux longs en arrière, comme ils sont souvent portés par la nouvelle génération, tient une pelle à la main.

– Eh les gars, on va s'arranger… Avec Doom's y a toujours moyen de négocier quelque chose. Il…

– On s'arrange pas avec les poucaves, nous… Tes petits arrangements, c'est avec tes potes les condés qu'tu les as faits. Avance maintenant, ou je te fais griller comme un poulet.

Ils laissent derrière eux la voiture pour s'avancer dans une clairière, l'herbe jusqu'au genou. Il aimerait demander ce qu'ils ont fait de Lætitia. Mais vaut mieux pas attirer l'attention sur elle. Au milieu de la clairière s'avance une langue de terre sableuse.

– Ici c'est bon, non ? demande le jeune gars à la pelle.

– C'est pas mal. Donne-lui la pelle, fait l'autre en écartant son blouson de toile d'une main pour le poser sur la crosse d'un neuf millimètres fourré dans un holster. Tu vas creuser, gars, ajoute-t-il.

Farid s'empare de la pelle que lui tend le jeune et, sans lui laisser le temps de réagir, la lui balance en pleine face avant de la rabattre sur les mains du plus vieux, en train de visser un tube sur l'extrémité de son arme. Le neuf millimètres est au sol. Un instant, il espère s'en saisir, mais le type est mieux placé. Il se retourne, crie : « Allez vous faire enculer » et se met à courir sur son genou meurtri avec toute l'énergie qui lui reste. Il fixe son regard sur la cime des arbres et pense à Lætitia.

« Comme tu veux, bâtard » sont les derniers mots qu'il entend.

*

Encore un peu et il lui infligeait des dégâts irréparables. Il a laissé Alioune en sang à la Villette, après lui avoir extirpé un renseignement essentiel : la présence d'un trousseau de clefs dans le vide-poches de la coloc rue Moret. Des doubles qu'il a faits du temps où il servait d'homme à tout faire à Bernard Michel. Un de ses nombreux petits jobs au black dans le quartier. Il a tout de suite appelé Oumar, qui doit l'attendre avec les clefs en question métro Ménilmontant. Oumar est resté silencieux un long moment au bout du fil en apprenant les nouvelles. Comme Issa, il s'est demandé comment il a pu ne rien voir venir. Ils étaient là, comme des idiots, à se marrer des bizarreries mystiques de leur camarade, sans se rendre compte qu'il souffrait, qu'il partait en vrille. Jamais ils n'auraient pensé qu'il puisse faire de mal à qui que ce soit. Assis dans la rame du métro, Issa regarde ses paumes striées de traces brunâtres de sang séché et se rend compte qu'il a laissé son instrument à même le sol, souillé, à la Villette. Le tambour en bois sacré qu'il a bichonné depuis des années, monté et remonté, celui qui a permis de prétendre enfin au circuit professionnel. Tant pis pour lui. Ce sera sa punition. Bien moindre que le danger qu'il a fait courir à Manuela en lui mettant Alioune dans les pattes. Une femme qui entre à la station Laumière va pour s'asseoir en face de lui, puis se ravise, rejoint le fond du wagon. Il lève la tête pour être pris du sentiment que tout le monde le regarde, que tout le monde sait qu'il est responsable de l'enlèvement d'une femme. Son ventre est douloureux, incapable de tolérer une culpabilité indigeste. Il est pris de nausée, tente de se raisonner, enchaîne une série d'inspirations et d'expirations profondes pour s'empêcher de gerber. Non. Il n'est pas responsable des actes de son ami. En même temps, il l'a pris sous son aile, lui a servi de tuteur depuis qu'il est à Paris. Un homme âgé semble fixer ses mains, qui se mettent à trembler. Et s'il arrivait trop tard ?

Oumar est bien au rendez-vous, l'air à la fois grave et un peu paumé. Ils remontent la rue de Ménilmontant sans un mot, terrorisés par ce qu'ils pourraient bien découvrir. En approchant de l'immeuble, Oumar hésite. « On devrait peut-être appeler les flics. Ou les pompiers. » Pour Issa, pas question de perdre une seconde. Il explique à Oumar qu'il a fait sa part en amenant les clefs, qu'il n'est pas obligé de le suivre. Oumar n'a jamais été un lâcheur, il l'accompagne.

Au-dessus du sol en damier de l'entrée, une grande enveloppe en papier kraft s'est ajoutée au fatras de courrier qui dépasse de la boîte aux lettres de Manuela. Une vieille porte en bois, mal repeinte, au milieu du hall pourrait bien être celle des caves. Issa se met à essayer les différentes clefs du trousseau, mais ses mains tremblent de nouveau. Oumar prend le relais. La dernière clef fonctionne, contrairement à l'interrupteur d'un escalier abrupt, qu'Oumar éclaire avec son portable. Le sous-sol est immense, jonché de résidus de gravats. Oumar promène sa lumière dans tous les sens. Aucune cave, aucune porte n'apparaît dans le faisceau de cet éclairage sommaire. Issa sort son portable à son tour. D'un signe, il indique à Oumar une direction, à l'opposé de celle qu'il emprunte. Sur les murs qui jalonnent le vaste espace, des coulées humides forment parfois des flaques boueuses en rejoignant le sol. Dans l'une d'entre elles, un rat pris dans la lumière s'arrête de laper, le regarde, avant de déguerpir. « Issa, viens voir ! » Il rebrousse chemin pour le rejoindre. À l'autre bout du sous-sol, un gros cube de parpaings s'étend du sol au plafond. Derrière eux, une grande porte métallique. Issa frappe du poing en criant le nom de Manuela à plusieurs reprises. Aucune réponse ; pas un son à l'intérieur. Oumar reprend le trousseau, tombe sur la bonne clef. Un lourd mécanisme actionne des pênes répartis sur toute la hauteur de la porte désormais entrebâillée. L'intérieur, éclairé par des néons, est insolite : au milieu du sol en béton ciré trône une table de billard ; contre le mur, un vieux juke-box clignote de toutes ses lumières ; sous un cadre, la fameuse photo de Marylin Monroe, robe soulevée par une bouche d'aération. Au fond de la pièce, un canapé d'angle fait face à une télé qui diffuse un clip sans musique. Près d'un angle, une grosse penderie occultée par un rideau, à côté d'un miroir cassé au cadre en bois sculpté plaqué or. Ils s'avancent vers le milieu de la pièce, contournent le billard et s'approchent du canapé sur lequel un drap recouvre entièrement une silhouette. Issa rassemble son courage pour soulever le drap, qui ne dévoile qu'un tas de vêtements en boule.

« Salaud ! Salaud ! » Manuela surgit de la penderie armée d'un grand fragment du miroir qui vient zébrer le front d'Issa. Le sang chaud coule dans ses yeux et il se sent vaciller, juste avant qu'Oumar ne vienne ceinturer la jeune femme. Elle se met à hurler de plus belle : « À l'aide, lâchez-moi ! Lâchez-moi ! » avant de laisser tomber son arme. Une immense tache de dépigmentation recouvre son visage.

## 22

– Madame Mambi ne souhaite pas vous voir.

– Vous lui avez bien dit Issa ? Je suis un ami.

– Oui. Justement, elle a été très claire.

Le regard impassible de l'infirmière en chef du service de réanimation médicale et toxicologique de Lariboisière lui signifie très clairement : « Maintenant, tu dégages ».

– Je dois parler au médecin qui s'occupe d'elle.

– Vous n'êtes pas membre de la famille, je ne...

– Je suis… un proche.

– Elle veut pas vous voir… On n'a aucune raison de faire une exception.

– J'ai une information importante sur ce qui lui est arrivé.

– Dans ce cas, vous pouvez me la donner, je vais transmettre.

Issa hésite. Les aveux extirpés à Alioune sont sans doute la seule monnaie d'échange dont il dispose pour avoir des nouvelles de Manuela.

– Je parlerai qu'au médecin.

La femme fronce les sourcils, prête à décocher une fin de non-recevoir définitive. Puis elle hésite.

– Attendez-moi là.

Elle tourne les talons, émet un tchip étouffé et lui ferme la porte vitrée au nez. Il l'observe en train de s'éloigner dans le couloir en traînant les pieds d'un pas lent. Ses sabots raclent le sol en un frottement bien appuyé, comme pour mieux lui signifier sa lassitude.

Dans la poche d'Issa, le sachet en plastique qu'Alioune a fini par sortir de sa malle. Issa avait déjà entendu parler du yegul ngone, le « il ne passera pas la soirée », un nom qui traduit l'inquiétude justifiée pour celui qui l'a consommé. Alioune s'était roulé en boule sur son matelas dans la coloc, barricadé dans son silence. Ils s'y sont mis à trois pour le faire parler. Cheikh, confiant dans ses qualités pédagogiques d'ancien instit, a essayé de le raisonner de sa voix calme. Oumar, sans surprise, était partisan d'une méthode plus physique. Ils ont dû lui dire d'y aller mollo sur les claques. C'est pourtant bien leur impact qui lui a fait lâcher le morceau.

En larmes, il a avoué avoir commencé par une pincée de yegul ngone, le nom wolof du datura, dans un joint roulé pour Manuela, mélangé à de la skunk. Malgré son caractère bien trempé, en confiance, elle s'est laissée entraîner dans la cave aménagée, sans difficultés. Qui sait ce que son état vaporeux a permis ? Alioune jure qu'il ne l'a pas touchée. Il avait gardé un double des clefs en échange de quelques menus travaux au black pour Bernard Michel. Occupé à construire des pièges à Gitans à l'aide de pieux ensevelis dans son terrain en Bretagne, le propriétaire de la cave n'était pas dans ses pattes. Alioune avait le champ libre pour tenir son rôle de geôlier à sa guise. Qu'est-ce qui a bien pu lui passer par la tête ? Il sait que son ami n'est pas, ne peut pas être un violeur. Mais un séquestreur ? Toutes ses plantes et sa déprime lui ont tourné la tête, mais il doit bien y avoir un début d'explication. Alioune n'a pas su lui en donner, pour l'instant. Comment il a pu dérailler à ce point, sous son nez ? Pratiquement avec sa bénédiction : c'est bien lui qui les a présentés pour de bon, alors qu'ils se connaissaient à peine. Alioune l'avait juste croisée lors d'un cours de danse avant de lui vendre de l'herbe.

Une autre infirmière, plus jeune que lui, les cheveux blonds attachés, vient à sa rencontre.

– Je veux voir le médecin qui s'occupe de Mme Mambi, s'il vous plaît.

– Docteure Renan, je vous écoute.

Une fois sa gêne dépassée – pourquoi cette jolie blonde n'aurait pas été docteur ? –, Issa revient à sa préoccupation initiale.

– Est-ce qu'elle a été agressée ? Euh… est-ce qu'il l'a…

– Sexuellement, vous voulez dire ?

– C'est ça.

– Vous n'êtes pas de la famille, je n'ai pas à vous communiquer ce genre d'informations. Le secret médical, vous connaissez ?

Issa craint le pire. S'il ne s'était rien passé, elle lui aurait donné une réponse, même indirecte. Il aurait cru Alioune totalement incapable d'une chose pareille. Lui qui est si timide, qui idéalise les femmes au point de mettre entre elles et lui un voile de politesse excessive. S'il a abusé d'elle, il ne pourra pas se taire.

– Je dois vraiment savoir, c'est important. Je connais quelqu'un qui pourrait être impliqué.

– Vous pouvez toujours aller voir la police.

– Je dois d'abord savoir ce qui lui est arrivé. Je sais pas si on vous l'a dit, mais j'ai une idée du produit… de la plante qui l'a droguée.

– Vous faites du chantage à l'information, c'est bien ça ? Vous pouvez être complice d'empoisonnement par rétention d'information, vous savez. C'est grave.

Issa sort le sachet de sa poche et le tend au médecin dans sa paume ouverte. Le docteur saisit l'objet et plisse les yeux, comme pour mieux déchiffrer le mot « datura » inscrit au feutre bleu sur le sachet et analyser la poudre verdâtre qu'il laisse transparaître. Les petites rides qui se forment sur son front lui donnent un air sérieux, une certaine maturité.

– Atropine et scopolamine, donc… On attend toujours les résultats du labo, mais c'est bien ce qu'il nous semblait. Suspension du libre arbitre et effacement de la mémoire. Hallucinogène à forte dose. Heureusement qu'elle est de forte constitution… Elle risquait un arrêt cardiaque, vous savez. Merci pour votre aide, monsieur…

– Dieye.

– Monsieur Dieye, vous voudrez bien nous laisser vos coordonnées, au cas où on aurait à nouveau besoin de vos précieuses informations ?

Issa ne sait pas s'il faut déceler une certaine ironie dans la demande du médecin, mais il s'exécute en lui écrivant son numéro de portable et son adresse. Il n'aura pas eu la réponse qu'il était venu chercher, mais en saluant la jeune femme, il a au moins le sentiment d'avoir aidé à sa manière.

– Monsieur Dieye !

Il se dirige déjà vers la sortie quand le docteur l'interpelle. Une expression bienveillante a fendu son masque de professionnelle.

– Je suis pas censée faire ça mais… Comme vous avez été coopératif, je tenais quand même à vous dire que l'examen gynécologique n'a pas relevé de lésions traumatiques correspondant à un viol. Ce n'est pas pour ça qu'il n'y a pas eu viol ou agression sexuelle. Elle seule peut le dire, mais pour l'instant elle ne le pense pas ou du moins elle ne s'en souvient pas. Voilà.

*

Issa, Alioune et sa malle peuvent profiter d'une demi-heure sans arrêt devant eux, dans un train quasi vide. Pas besoin de jouer des coudes pour monter dans le RER B prénommé LOLA, ce direct pour Charles-de-Gaulle n'est pas très prisé à 22 h 55. Ils ont pu s'installer à leur aise, à côté de l'imposante boîte métallique verte. Dans le métro, de Ménilmontant à Gare du Nord, c'était une autre paire de manches. Les fêtards du jeudi soir ont dû s'écarter pour les laisser entrer dans le wagon avec l'objet de quarante kilos, porté à deux, les doigts sciés par d'inconfortables poignées métalliques. Quarante kilos, c'est le poids maximal pris en charge par l'organisme de l'Aide au retour.

À l'autre bout de la rame, deux touristes chinois somnolent appuyés sur leurs valises. Plus près d'eux, un agent aéroportuaire, badge épinglé sur son polo ADP, casque sur les oreilles, se détend avant d'entamer son service de nuit.

Quand la rame sort de terre, l'obscurité laisse place aux lumières des tours de la banlieue Nord et Issa voit le visage jusque-là fermé d'Alioune s'ouvrir timidement. Il arbore le sourire idiot de celui qui, désespéré, pose une question en attendant une réponse favorable, alors qu'il sait pertinemment qu'elle ne le sera pas.

– Hé, grand frère, le billet d'avion, là, c'est pas un vrai, si ? C'est Photoshop, c'est ça ? Tu veux me faire peur, me donner une leçon, j'ai compris maintenant. Trop même.

– Et les papiers que je t'ai fait signer, c'est des faux peut-être ? Tu les as pas lus ?

– J'ai pas tout compris, je te fais confiance.

– Et les cinq cents euros que t'as reçus, c'est des faux aussi ? C'est pas un cadeau que la France te fait, hein. Ils veulent pas te féliciter. C'est pour se débarrasser de toi, c'est ça, l'aide au retour.

– C'est un malentendu cette histoire.

– Un malentendu ? Je croyais que t'avais reconnu, qu'on était d'accord. Si tu préfères qu'on aille s'expliquer avec les flics, y a pas de problème.

Alioune a baissé son bob sur ses yeux, eux-mêmes fixés sur son pied qui soulève et relâche la poignée métallique de la malle en un cliquetis régulier.

– C'est la tache.

– ?

– La tache d'albinos.

– Qu'est-ce que tu racontes encore ? C'est quoi ces conneries, là ? Une tache d'albinos pfff, ma mère a la même sur le bras.

– C'est un signe.

– Quel signe ? Tes conneries de féticheur, là ?

– Je devais me marier avec ma voisine albinos, Sokhna, c'était écrit

– Mais t'avais quel âge ?

– 12 ans, je crois.

– À 12 ans, tu savais déjà avec qui tu devais te marier, toi ? Et quel rapport avec Manuela ?

– Le yegul ngone, ça permet de voir la vérité, je pensais qu'elle allait voir la même chose que moi. La tache, c'était le signe. Elle commençait à devenir albinos, si je la prenais pour femme, la tache allait disparaître et j'allais retrouver mon destin… et toi le tien.

– C'est vraiment n'importe quoi, petit frère, tu pars en sucette, là, c'est ce que je retiens de l'embrouille. J'avais juste pas réalisé que tu te trompais carrément, sur Manuela. Sur tout. Tu vas aller régler ça au pays, te ressourcer, quoi.

– Ton destin, c'est Julie, avec Manuela t'allais tout gâcher.

– Tu vas bientôt dire que t'as fait ça pour moi. C'est une chance que Manuela n'ait pas porté plainte. Si tu l'avais touchée, je t'amenais moi-même chez les flics. Tu m'as laissé courir après des mecs dangereux, me prendre des coups, me faire humilier…

– Mais ils étaient vraiment après elle ! Je voulais la cacher, la protéger. Farid m'a appelé pour m'aider à la retrouver, mais j'ai…

– Parce que tu le connaissais, en plus ?

– C'est lui qui me vendait l'herbe. Je voulais pas te nuire, grand frère.

– Laisse tomber.

La malle est maintenant sur un chariot, qu'Issa place dans la file du vol Air France pour Dakar, essentiellement constituée de compatriotes, avec çà et là quelques expats de retour de leurs vacances au pays. Les touristes, eux, attendent en général les jours doux et secs de l'hiver pour visiter le pays de la teranga. Issa est obligé de chuchoter : qu'ils parlent en français ou en wolof, leurs voisins sont susceptibles de comprendre une conversation pour le moins privée.

– Tes 500 euros, là... Quand t'arrives, dès les premiers jours, t'achètes deux moutons et tu les offres à tes parents, à ta belle-mère, pour organiser une grande fête à Yoff, avec tous les voisins. T'as qu'à inviter Sokhna, ta voisine albinos.

– Je crois qu'elle est mariée maintenant.

– Tu l'invites avec son mari.

– Mais...

– Y a pas de « mais » qui tienne. On s'est mis d'accord, tu fais à ma façon, sinon c'est les flics.

– Ils peuvent plus rien contre moi, les flics français, à Dakar...

– Tu veux que tout Dakar apprenne que t'as séquestré une femme ?

Au moment où Alioune, inquiet, balaye les environs comme un périscope pour vérifier que personne n'a entendu ces paroles prononcées un peu trop fort, une agitation perturbe la queue à trois guichets du leur. Deux hommes qui en encadrent un troisième, visiblement malien, doublent l'ensemble de la file du vol pour Bamako. Un papa corpulent en boubou tente de protester pour se faire plaquer une carte sous le nez. Un des hommes tend deux cartes d'identité françaises et un passeport malien au guichet, ainsi qu'un document, sans doute un ordre de mission. Ils enregistrent un seul bagage, la valise du Malien. Les deux autres, des flics en civil, vont juste faire l'aller-retour. Il est de plus en plus fréquent d'assister à ce type d'expulsion dans les vols réguliers, le comble de l'humiliation pour tout sans-papiers. Et pour les autres passagers… bonjour l'ambiance pour commencer des vacances au pays.

Issa se sent un peu comme ces deux flics. S'il s'était montré un peu plus prudent, il ne serait pas en train d'expulser son ami. Parce que c'est bien de ça qu'il s'agit. Cheikh et Oumar l'ont laissé trancher. Une décision imparfaite, humiliante et douloureuse pour Alioune, et sans doute insuffisante pour réparer le tort subi par Manuela.

Issa a acheté un expresso et un frappuccino hors de prix dont Alioune touille mécaniquement la mousse avec sa paille. Issa remarque le regard vide, inexpressif, de son ami, qui semble s'être mis dans une bulle qui l'empêche de réaliser les implications de son départ.

– Une fois que t'as acheté les deux moutons pour la fête à Yoff, tu te gardes 100 euros et tu donnes le reste en cadeau. Tu manqueras de rien. T'as déjà séjourné au Daara, non ? Tu seras nourri logé blanchi, t'auras même droit à ta fume et ta tise avec les Moroom. Ici, t'étais bon pour la prison ou l'hôpital. Tu le sais, non ?

Alioune s'est laissé faire, impassible lors de l'accolade d'au revoir. Issa l'a regardé s'avancer d'un pas automatique dans la zone réservée. Il a attendu quelques secondes, au cas où il se serait retourné pour un dernier salut. Il a regardé sa silhouette immobile s'élever, emportée par le mouvement ascendant d'un tapis roulant.

# 23

Les patients s'entassent dans le couloir. Les plus chanceux sur des brancards à la peinture écaillée ou des chaises dépareillées, les autres debout, sur des seaux en plastique retournés, transformés en tabourets, des nattes en nylon jetées à même le sol. Il fait lourd, c'est la fin de l'hivernage et la moiteur colle la chemise à la peau. Depuis ses seize ans et sa fracture du coude dans un tournoi de foot, Issa espérait ne plus remettre les pieds à l'hôpital principal de Dakar. Son père, fonctionnaire des eaux et forêts, lui répétait à quel point il était chanceux d'être pris en charge gratuitement par « l'hôpital d'instruction des armées ». Il appuyait le « r » roulé d'instruction. Issa aime bien les voûtes du bâtiment colonial. En plus, l'hôpital est réputé pour la qualité de ses docteurs, en partie des coopérants français. Pour ce qui est de l'organisation, des moyens, ça reste un hôpital public africain, se dit-il, en enjambant le pied d'une dame qui gémit entre ses dents. La salle de réanimation compte sept lits, séparés par des rideaux fatigués de tissu grisâtre. Celui d'Alioune doit être le dernier. Un bip-bip bondit d'une des machines à intervalles réguliers, agresse les oreilles. Alioune a la tête tournée vers la fenêtre. Le pompon de son bonnet lafa vert pointe vers Issa. Bip-bip.

– Alioune ?

Bip-bip.

La tête se retourne. Avec effroi, Issa reconnaît son propre visage, qui le fixe d'un air grave.

Bip-bip. Bip-bip. Bip continu.

– Tu vas l'éteindre, ce truc, putain ? !

– Hmm ?

– Way, Issa ! T'éteins ça, oui ou merde ? Si je me lève, je le jette par la fenêtre !

Issa sursaute et, d'un geste approximatif, finit par éteindre le vieux réveil, dont les cristaux liquides indiquent 5 h 15. Encore un peu et Oumar, crevé par son boulot pénible à la casse, se serait levé une heure plus tôt que prévu. Il le lui aurait fait payer pour le restant de la semaine, avec des vannes acerbes et de la mauvaise foi sur la répartition des tâches d'entretien. Issa a mis quelques secondes à reconnaître les lieux. Il ne s'est pas encore fait à son coin attitré dans le salon de la coloc. Il n'est pas fier d'y prendre la place d'Alioune un mois après avoir orchestré son départ.

Un peu d'eau fraîche sur les poignets, derrière les oreilles et dans la nuque pour commencer à émerger de son état léthargique. Toujours dans le coaltar, il s'avance à pas légers vers la kitchenette, où il mesure tous ses mouvements pour permettre à Oumar de se rendormir. Il réchauffe un reste de riz rouge, l'avale avec un œuf dur salé-poivré, après l'avoir arrosé d'arôme Maggi. Il a gardé l'habitude du petit déjeuner salé. Celui qui donne les munitions pour tenir une longue tournée matinale. Avec Julie, il pouvait préparer son frichti à son aise, sans avoir à se soucier du moindre bruit. Dans la promiscuité du petit deux-pièces partagé avec Oumar et Cheikh, il se sent de nouveau travailleur immigré.

« Je crois qu'on a besoin d'un break », lui a-t-elle dit. Pas un break Peugeot 505 sept places, celui des taxis-brousse, mais une espèce de rupture qui ne dit pas son nom. Cheikh et Oumar, qui l'ont hébergé après cette douche froide, ont insisté : ils étaient contents de l'accueillir quelque temps. Avec son salaire régulier, il les aiderait à payer le loyer et les charges. Et surtout, en mettant de la distance, il peut éviter d'envoyer bouler tout ce qu'il a construit avec Julie, de prendre une décision sur un coup de tête.

Julie a proposé de ne pas divorcer avant sa naturalisation, quelle que soit leur décision finale sur l'avenir du couple. Elle n'a pas présenté ce geste comme allant de soi, mais comme une espèce de faveur. Quand Issa a donné ces explications à ses amis, sa propre voix tremblotante lui a fait réaliser sa colère. Une colère qui ne cadre pas avec l'image de sagesse et de pondération qu'il préfère se donner et renvoyer à ses condisciples. Il était vexé d'être rejeté, alors qu'il a passé l'été à se préoccuper d'une autre femme. Pour ses camarades, quoi qu'il advienne, le « break en attendant de voir » est une offre qu'il ne pouvait pas décliner, au risque de se retrouver à la case départ. Il fallait prendre le temps, garder son sang-froid et, de toute façon, donner sa chance à la réconciliation.

« Ça va pas, chef ? Mal dormi ? » dit le barman du café, au métro Ménilmontant, comme s'il avait repéré les signes extérieurs de mauvais réveil. Faut dire qu'avec sa noisette Issa a demandé *Le Parisien*, pour rester bloqué sur la première page, le regard dans le vide. Il a répondu d'un sourire fatigué, mais bienveillant, laissé la monnaie de deux euros et entamé la pente de Ménilmontant en accélérant le pas. Ça fait déjà deux jours qu'il arrive in extremis, à l'heure où les collègues, en tenue, s'apprêtent à sortir de l'atelier avec leurs roule-sacs. Le genre de détails que les petits chefs comme Pinel remarquent et gardent en stock pour mieux les ressortir quand ils veulent mettre un coup de pression. En plus de la perte de confort, depuis qu'il a quitté l'appart de Julie, il doit se taper la côte tous les matins, jusqu'à la rue des Pyrénées. Un trajet aussi court à vol d'oiseau que pénible en dénivelé, qu'il a d'abord sous-estimé. Ce changement dans sa vie a décidément tout d'une dégringolade.

Quand il s'approche de la rue des Cascades, le sommet n'est plus très loin. Pile au moment où il passe devant son ancienne adresse, Xavier déboule à l'angle pour entamer la descente. Le regard de ce type est passé sur Issa comme s'il faisait partie du mobilier urbain, du décor. Lui qui, à six heures du mat', semble sortir tout droit de chez Julie, dévale maintenant la rue de Ménilmontant sans se retourner. Issa s'efforce de gravir les quelques mètres de pente qui restent. Ses jambes sont lourdes, comme si elles voulaient rester plantées là, devant la rue des Cascades, pour lui permettre de réaliser ce qu'il vient de voir. Parfois, Issa est bien content des contraintes de son métier. Il se sent comme ce Sisyphe cher à Monsieur Ba, à rouler son rocher à chaque tournée, pour le voir emporté par la pente le soir même quand son travail est dégueulassé. S'il s'arrêtait de pousser, s'il doutait trop, il risquerait d'être écrasé par le rocher.

*

Qu'est-ce que Doom's peut bien lui vouloir ? C'est rare qu'il appelle Fouad directement sur son portable. Il ne l'a pas fait il y a plus d'un mois à sa sortie de l'hôpital. Il avait une bonne voix, mais avec lui, on ne peut jamais vraiment savoir. Toujours un mouvement d'avance, jamais un coup de billard sans utiliser la bande. Quoi qu'il en soit, Fouad doit laisser le spot aux collègues et payer une visite au boss dans l'appart de sa mère, transformé en QG depuis qu'elle passe l'essentiel de son temps dans sa villa au bled. « Je dois partir voir Me-doo », lance-t-il à ses compagnons de deal, fier d'aller à la rencontre du sommet de la hiérarchie avec sa démarche boitillante et sa béquille. Ça donne un petit style, la béquille, genre je me suis blessé en balançant des high kicks dans la tête de mes ennemis. Puis, tout le monde sait que ça peut servir d'arme en cas d'embrouille. Sentant qu'il en fait un peu trop sur le boitillement, il se ressaisit au moment de tourner dans l'entrée de la cité et de sortir du champ de vision de ses collègues. En quittant son allure factice, c'est comme s'il enlevait un masque, pour se retrouver face à lui-même, entre deux tags à l'acide sur le miroir de l'ascenseur. Son visage s'est durci, avec ses yeux rougis il commence à avoir une bonne tête de délinquant, de moins en moins juvénile. C'est l'été où il a dû faire ses preuves aux côtés de sa mère touchée par une succession de malheurs : son propre accident, puis la disparition de Farid. La daronne veut croire qu'il est arrivé en Algérie et s'est volatilisé une fois sur place. Qu'il ne veut pas laisser de traces, ni d'indices à sa famille, sur qui des pressions pourraient être exercées. « Il finira par donner des nouvelles, quand les choses se seront calmées », ne cesse-t-elle de répéter, un peu moins convaincue chaque fois. Fouad, lui, sait. Il a croisé Lætitia, qui, un soir, s'est couchée avec son frère, pour se réveiller seule. Jamais Farid ne l'aurait quittée sans la prévenir.

Il n'en est plus à une épreuve près, mais ça ne l'empêche pas de se demander pourquoi Doom's le convoque. Pourvu qu'il n'ait pas eu vent de ses petits business perso qui lui ont valu un mois d'hosto. En plus, ça fait des jours qu'il n'a pas vu Modibo, qui aurait pu prendre sa défense si jamais ça chauffait pour lui. Entre l'album qu'il doit sortir et la reprise des cours, il ne descend plus, n'appelle plus. Fouad aimerait bien avoir comme lui les faveurs de Doom's, pouvoir lever le pied sur la bicrave, tout en ayant son soutien. Il faudra qu'il lui dise : lui aussi est un artiste du quartier digne d'être soutenu. Lui aussi mériterait de poursuivre les cours pour faire quelque chose de sa vie. Il s'est d'ailleurs réinscrit en troisième, pour faire plaisir à sa mère.

Devant la porte de Doom's sur le palier du onzième, sa gorge se serre. Il a fumé, Doom's va le voir dans ses yeux. Il aime pas ça, pas sur les heures de travail. C'est sûr qu'il sait pour la coke, pour son cousin Ilyès, il a des yeux et des oreilles partout de toute façon, même à la Banane. Lui aussi dit que son frère est en Algérie, mais il a du mal à le croire. Et s'il ne ressortait pas vivant de cet appart, ou pas conscient, et si Doom's voulait se débarrasser de lui, et si… Il a déjà entendu les pires histoires à son sujet. Fouad prend le temps de respirer – c'est sûrement la fume qui le rend parano – et finit par sonner.

Doom's lui ouvre et l'honore d'un check suivi d'une accolade à l'ancienne. À l'ancienne, comme son accoutrement 90's : il a délaissé son uniforme G-star ajusté pour un énorme baggy Marithé + François Girbaud et un maillot XXL des Dolphins. Fouad est étonné par l'odeur de beuh qui lui envahit le nez. Une instru tourne sur la platine, du son *old school* pour aller avec le reste, DJ Premier ou peut-être Pete Rock.

« Reste pas comme ça, installe-toi, c'est fini le taff pour aujourd'hui, mets-toi en mode détente », lui lance Doom's en montrant un grand fauteuil bas en cuir blanc, où l'on peut facilement tenir à deux, en face d'un canapé géant assorti. C'est la première fois qu'il le reçoit chez lui pour autre chose qu'un service en échange d'un billet, qu'il se montre détendu, presque amical. C'est sûrement un piège, une tactique de diversion qui vise à lui faire baisser la garde pour le cueillir par surprise. Doom's s'affale sur le canapé, les pieds sur une table basse en marbre, les bras écartés, accrochés au dossier.

– T'as pas l'habitude de me voir comme ça, à la cool, hein ? Faut savoir décompresser des fois. Je me suis remis dans le son aujourd'hui, en souvenir de ma jeunesse. Dans le temps, le quartier, c'était le Bronx, ça a changé depuis, maintenant avec tous ces bourgeois qui s'installent, c'est Brooklyn, le Belleville zoo. T'as des nouvelles de ton frère ?

– Non, toujours pas.

– T'inquiète, il va faire signe. Une fois qu'il est bien installé au bled, qu'il s'est fait un peu oublier, il… Tu sais, ça remonte nous deux, on était toujours collés ensemble, on tournait grave, c'était comme mon frère. On allait…

La sonnette retentit, Doom's se lève pour ouvrir à Modibo, qu'il salue avec la même accolade. Modibo s'approche de Fouad, qui a du mal à comprendre de quoi il retourne, et lui sourit de toutes ses dents en gardant sa main dans la sienne.

– Tu sais pas pourquoi t'es là, toi. C'est ça ?

Fouad se décrispe un peu : si c'était vraiment un piège, Modibo ne serait pas là. Il n'aurait pas pu cautionner.

– Euh, non, je…

– Tu te souviens des images qu'on a tournées en août, quand t'es sorti de l'hôpital ?

Modibo lui avait demandé de poser les couplets de « Déter sur le ter-ter » : entre les colonnes du chapiteau qui surplombe le parc de Belleville, un gars, un nouveau pote à lui au look de bobo filmait avec un de ces gros appareils photo. Tout ce qu'il sait, c'est que DJ Mo-D s'apprête à sortir un album de DJ avec un mélange de rappeurs connus et moins connus de la région parisienne sur ses productions.

– Avec ma béquille et tout ? Vas-y, c'était à l'arrache, ça.

– Ben ouais, la béquille, justement la béquille. Regarde ça.

Modibo attrape la souris connectée au Mac, dont le grand écran trône sur le bureau de Doom's, une vaste plaque de verre portée par quatre colonnes de plâtre blanc au style ionique. Dans le coin droit de la vidéo YouTube, l'incrustation du logo de Trace TV, chaîne dédiée aux musiques urbaines, en bas à gauche, « Déter sur le ter-ter par DJ MO-D feat. Foo-AD ». Fouad y débite son seize-mesures en déambulant entre les colonnes du chapiteau, avec pour arrière-fond une quinzaine de copains du quartier, déchaînés. Pendant le refrain, un effet de répétition a été ajouté sur une sorte de pas de danse circulaire qu'il improvise autour de sa béquille. Modibo et Doom's approuvent tous les deux d'un acquiescement. « Si si ! » s'exclame ce dernier.

Modibo désactive le plein écran et pointe la souris sous la vidéo.

– 250 000 vues, mon gars, en deux semaines, t'as vu ça ! Et attends, c'est pas tout.

Il tape « La béquille » dans le champ de recherche. Une vidéo du même nom apparaît à l'écran. Une vingtaine de personnes, garçons et filles, des Africains visiblement, effectuent une danse basée sur le geste de Fouad, puis s'immobilisent en même temps que la musique s'arrête, pour reprendre avec le refrain : « La Béquille ». Quelques secondes du geste original de Fouad apparaissent dans le montage, comme une image subliminale. L'intéressé a du mal à y croire. Modibo l'attrape par le cou et lui frotte la tête comme pour le décoiffer.

– T'es devenu une star, poto. T'as même lancé une danse de coupé décalé. 300 000 vues elle fait, celle-là. On pourrait leur rentrer dedans parce qu'ils ont pompé notre clip, mais ça nous fait du buzz. T'inquiète qu'on va bien récupérer l'affaire. Ton morceau, ça va être le single de l'album.

Doom's plisse un peu les yeux, reprend son air grave, celui du killer-entrepreneur.

– Bon, maintenant, vous savez ce qui vous reste à faire, les gars : Taffer, taffer, taffer. Quand on tient un succès, il faut le rentabiliser, l'amortir derrière. On va mettre le paquet sur la promo. Vous traînez moins en bas et jouez à fond la carte de « La Béquille », dit-il en ponctuant son speech d'un petit coup de poing dans le ventre de Fouad.

Après avoir gardé leur sérieux pendant la leçon d'économie de Doom's, Modibo et Fouad laissent leur bonne humeur exploser dans le couloir, au point de se livrer à une petite lutte corps à corps qui incite une voisine à entrouvrir sa porte pour voir ce qui se passe. Dans l'ascenseur, Fouad reprend son souffle. Et dire qu'il était mal luné toute la journée. Il n'a pas pris de nouvelles de Modibo depuis des jours.

– Sinon, à part ça, tu dis quoi ? T'as commencé les cours ? La rentrée, ça dit quoi ?

– C'est tranquille, un peu tendu la S, mais le daron est là pour les cours de soutien gratuit. Toi, tu devais pas reprendre ?

– Si, mais… Là, c'est tendu, j'y ai pas mis les pieds, j'ai raté une semaine. C'est pas la fête à la maison, avec Farid qui a disparu, tout ça, j'ai pas…

– J'ai appris pour Farid, je suis désolé, poto. Je sais pas quoi te dire, j'espère qu'il va faire signe. Mais pour le bahut, faut que tu t'accroches ! C'est rien du tout, une semaine manquée. Je te vois bien en lycée général l'année prochaine. T'as le truc avec l'écriture, je t'imagine dans un délire genre littérateur, plus tard, à la Victor Hugo du ter ter, façon la plume du bitume.

– Vas-y, n'importe quoi.

*

Les deux index de Vlado picorent maladroitement les touches grasses du clavier de l'ordinateur de service.

– Vous savez qu'on trouve vos empreintes un peu partout sur la scène du crime, madame ?

– C'est normal, je donnais un coup de main à la boutique, je…

– Pour un coup de main, c'est un coup de main, il y en a dans tous les coins, sur le banc, la caisse, la marchandise… Vous n'aviez pas de contrat ? Si c'est pas du travail dissimulé, ça…

– Je vous l'ai dit, il m'est arrivé de filer un coup de main à mon mari. Je suis là pour ça, sérieusement ? Le travail dissimulé ?

– Vous êtes là en tant que témoin, vous êtes libre de partir. Si vous voulez pas nous aider à résoudre le meurtre de votre mari… Enfin, c'était votre futur ex-mari, si je comprends bien.

– Mon quoi ?

– Il ne vous avait pas parlé des problèmes d'argent qu'il avait ?

– Il parlait que de ça. Le sex-shop avait du mal à décoller. Pour moi, c'était une mauvaise idée au départ de toute façon.

– Vous savez s'il avait emprunté de l'argent pour faire face ?

– Oui, il avait fait un emprunt à la banque.

– Des emprunts à des particuliers ?

– Je sais pas, j'étais pas au courant des détails.

– Farid Berkat, ça vous dit quelque chose ?

– Non, du tout.

– Et un certain Doom's ?

– Non plus. Ils sont liés à la mort de Jean-Jacques ?

– L'enquête est en cours, c'est trop tôt pour le dire. Mais revenons-en à vous. Donc, vous dites que du 21 juin au 2 juillet, plus de dix jours, vous avez été droguée et retenue dans une cave…

– Oui, c'est ça.

– … et vous ne portez pas plainte. Bon… Le fautif, un certain Alioune… Alioune comment, au fait ?

– Je connais pas son nom de famille.

– Donc, Alioune X, atteint de troubles psychiatriques, a quitté le territoire, c'est bien ça ?

– Oui, à ce qu'il paraît. J'ai été soignée à Lariboisière, je peux vous apporter des preuves avec le compte rendu d'hospitalisation. Je peux aussi retrouver des témoins, les gens qui m'ont libérée, mais je préférerais éviter.

Même si la décision de Manuela l'arrange, Vlado se sent obligé d'insister.

– Franchement, j'ai du mal à vous comprendre, là… On parle de séquestration quand même. C'est toujours mieux de porter plainte, pour des agissements aussi graves, ça vous protège, vous savez.

– Vous avez fini ? Avec les questions je veux dire.

– Oui, pour l'instant, ça ira.

Manuela se lève et s'apprête à franchir le seuil du bureau de Vlado. Il ne serait pas contre une prise de contact un peu plus informelle avec cette femme.

– Au fait, madame Mambi… Ou Marlant, je sais pas comment il faut dire…

– Mambi, j'ai toujours gardé mon nom.

– Qu'est-ce qui est arrivé à votre visage ?

– C'est une maladie que j'ai depuis l'enfance, ça varie en fonction du stress.

– Le stress ? Je comprends, même en phase de rupture, le décès, la mort violente, tout ça ne doit pas être facile à gérer. Si vous voulez en parler, je…

Il s'interrompt en voyant les sourcils de Manuela se hisser, courroucés et incrédules.

La gêne de Vlado se limite à une légère contraction de la gorge qu'il évacue d'une petite toux nerveuse.

– Restez joignable.

Vlado expédie la retranscription, entre deux tétées sur sa flasque de whisky planquée dans le tiroir du bureau métallique. Il essaye toutefois d'éviter les contresens et les plus grosses fautes d'orthographe. Manuela n'a pas porté plainte. Le meurtre de Jean-Jacques est attribué à Farid, retrouvé mal enterré avec un trou de 9 millimètres dans le dos. Vlado est sûr que Doom's n'a même pas eu à se salir les mains : il lui aura suffi de donner les bonnes infos à leurs ennemis de la Banane. Avec un peu de chance, l'affaire va rentrer tranquillement dans la case des règlements de comptes entre trafiquants, ceux dont les journalistes aiment bien faire le décompte pour Marseille, mais jamais pour l'Île-de-France. En même temps, avec un scénario de meurtre de meurtrier, il se pourrait bien qu'elle soit confiée à la Crim'. Si ça se trouve, les gars du 36 vont le délester de la pénible tâche d'annoncer le décès de Farid à sa famille. Mais si quelqu'un met son nez dans le dossier, il aura l'air à peu près carré.

20 h 05. Il est encore temps de rejoindre les collègues qui l'ont invité, deux heures plus tôt, à prendre l'apéro au bistrot du coin. Histoire de s'intégrer un peu mieux au groupe, de noyer ses petits arrangements avec la vérité dans une bière coupée à la flotte, tout en se prêtant au jeu de dupes de la camaraderie confraternelle.

# 24

Les deux lames d'acier articulées coulissent, tranchent la fine bande marron. La main de Manuela vient la plaquer sur le flanc de la boîte. Dernier coup de ciseaux, dernier coup de ruban adhésif. À défaut de meubles, elle se laisse tomber sur le carton de livres. C'est un reniflement qui lui fait réaliser qu'elle pleure. Ce n'est pas de la tristesse, plutôt un mélange de fatigue et de colère. Cinq ans de vie emballés dans ces cartons. Sa rencontre avec Issa, sa naturalisation, c'est comme si ce qui lui arrivait était trop beau. Il est temps de quitter cet appart, cet immeuble, à jamais. Et cette cave. Elle revoit son visage dans cet étrange miroir au cadre doré, celui qu'elle a cassé pour essayer de se défendre, ses pupilles dilatées, ses iris pratiquement disparus, ce regard qui lui avait fait penser qu'elle était devenue folle. Tout lui revient petit à petit : la profonde dépression, puis l'excitation, le ralentissement de son pouls et son accélération, les hallucinations visuelles et auditives, brassant dans un macabre remix les moments de sa vie les plus inavoués, puis ses fous rires hystériques quand, en pleine vision psychédélique, Alioune lui demandait de l'épouser. Malgré la folie de la séquestration, il l'a nourrie, correctement traitée ; c'est cette plante qu'il a chargée de la maltraiter, de la marquer à vie. Sous perfusion, les puissants effets de la drogue avaient fini par s'estomper, mais elle se demande si d'une certaine manière ils ne vont pas perdurer, laissant de profondes séquelles dans sa psyché.

Elle pense régulièrement à Issa, à leur rendez-vous manqué. Son refus de le voir à l'hôpital. Elle ne regrette pas sa décision. Elle n'aurait jamais fait confiance à Alioune s'il n'était pas son ami, s'ils n'avaient pas bu tous les trois un verre au *Soleil.* Même si c'est lui, aussi, qui l'en a délivrée. Elle l'a aperçu, l'autre jour, devant la vitrine de son nouvel espace. Elle était persuadée qu'il était là pour elle. Sur la défensive, elle a détourné le regard, pris une expression dure. Il n'a finalement fait que passer, sans pousser la porte, comme s'il était là par hasard, que le local se trouvait simplement sur son chemin. Elle l'aurait peut-être mis dehors, mais elle sait qu'au fond elle espérait qu'il entre. Son téléphone vibre et le nom d'Olivier, son ange gardien et futur proprio, s'affiche sur l'écran, elle doit descendre. C'est sans regarder en arrière qu'elle foule pour la dernière fois le sol en damier de l'entrée.

L'utilitaire dans lequel elle a fourré ses cartons avec Olivier et Luis descend la rue de Ménilmontant en direction du 11e arrondissement et passe devant le kiosque où elle a rencontré Issa. C'est aussi l'endroit où elle l'a recroisé, quelques jours après l'avoir vu passer devant son local, lors d'un jam improvisé sur la place. Ou plutôt, elle l'a entendu. Dès qu'elle a senti la ligne de basse du dundun survolée par le chant aigu du djembé, elle a su que c'était lui. Ça n'a pas raté. Quand elle a réussi à se faufiler jusqu'au premier rang de badauds, un inconnu frappait le fût renversé à la place d'Alioune. Après un coup d'œil furtif dans sa direction, Issa s'est lancé dans un solo endiablé sans lui adresser un regard. Elle s'est aussitôt extirpée de la foule, vexée.

Le trafic est quasiment inexistant dans le petit passage du 11e. Coumba, en survêtement, les attend sur place pour filer un coup de main. Olivier émet un sifflement pendant que Luis chevauche le trottoir pour se garer juste en face du local. La devanture est entièrement peinte en un gris ardoise foncé avec pour seule inscription SON CUBANO en lettres capitales blanches.

– Ben dis donc, t'as changé de braquet pour la façade ! T'as laissé tomber l'idée de la fresque ?

– C'est mieux comme ça, non ? J'en ai un peu marre du côté bariolé, du cliché latino. Je suis sobre et distinguée maintenant, dit Manuela en tapant dans la main de Coumba après lui avoir fait la bise. Y a plus de salsa, de terme fourre-tout pour les touristes, c'est le son cubano, le songo, la timba, c'est pour les vrais, les connaisseurs, les autres apprendront. En plus, le « son cubain », ça marche aussi en français.

– J'aime tes choix radicaux, *querida.*

*

Rien ne peut résister au flot qui emporte tout sur son passage. Impossible d'accrocher les parois de pierre, elles n'offrent aucune prise. L'engloutissement est inéluctable. Le sifflement clair, puissant – et toujours sans les mains – de Franck sort Issa de sa torpeur. À plus de cinquante mètres en aval sur le boulevard, son collègue lui fait réaliser qu'il fixe le caniveau depuis de longues minutes, hypnotisé par le bruit du ruissellement qui draine les impuretés droit dans les égouts. En revenant sur ses pas, il ferme la bouche de lavage d'un coup de clef et rabat le boudin en tissu le long du trottoir. Obligé de bâcler le travail sur la suite du tronçon pour rattraper le temps perdu. Ses coups de mou sont fréquents et ne lui ressemblent pas. L'équilibre s'est rompu trois mois plus tôt, par une journée ensoleillée, dans un effet domino qui a fini par envoyer Manuela dans une sordide aventure, Alioune au pays, Issa dans la piaule d'Alioune et va savoir qui, sûrement Xavier, dans le lit d'Issa. Le quotidien du boulot paraît beaucoup moins supportable quand tout le reste s'effondre. Une partie de lui-même est toujours à l'aéroport à attendre qu'Alioune se retourne.

Issa adresse un petit signe au kiosquier Denis, qui a l'air déçu de le voir passer sans s'arrêter. Ce n'est pas un hasard si, depuis cette histoire, il préfère prendre son café et feuilleter *Le Parisien* dans un bar. Dans leurs échanges sur la vie, sa philosophie spirituelle dialoguait avec celle, cynique, du grec dans son kiosque-tonneau. Issa sent qu'il doit se remettre à niveau, que sa sagesse est à reconstruire, qu'elle en a pris un coup, en même temps que ses certitudes.

Le balai est lourd, comme si son adhérence au sol avait décuplé ces derniers jours. Issa se dit qu'il a peut-être simplement repris son poids véritable depuis que, perturbé par tous ces chamboulements, il s'est éloigné de la voie, de sa voie, celle qui donne du sens, qui fait du travail une prière, une transe mystique et donne à l'outil le plus massif la légèreté d'une plume.

NORD COMPO
multimédia

Composition et mise en pages
Nord Compo à Villeneuve-d'Ascq

N° d'édition : L.69ELFN000433.N001
Dépôt légal : avril 2019
Achevé d'imprimer en mars 2019 en Espagne par Liberdúplex